相信阅读,勇于想象

北京科普创作出版专项资金资助

藏在科幻里的世界

冲出地球

周忠和 王晋康 主编　吕默默 编著

北京理工大学出版社
BEIJING INSTITUTE OF TECHNOLOGY PRESS

编委会简介

主 任：马 林　司马红
副主任：孟凡兴
主 编：周忠和　王晋康
副主编：吴启忠
成 员：凌 晨　尹传红　周 群　王 元　吕默默
　　　　单少杰　李 楠　王 丽　李晓萍
　　　　　　（排名不分先后）

周忠和

中国科学院院士，中国科学院古脊椎动物与古人类研究所研究员，《国家科学评论》副主编。长期从事中生代鸟类与热河生物群等陆相生物群的综合研究。曾获得中科院杰出科学成就奖、国家自然科学二等奖、何梁何利"科学与技术进步奖"等。

王晋康

中国科幻文学界的扛鼎者，中国科普作家协会副理事长，全球华语科幻星云奖终身成就奖得主，1997国际科幻大会银河奖得主，19次获得中国科幻文学最高奖银河奖。

凌晨

中国科普作家协会理事，中国科普作家协会科学文艺委员会副主任，中国作家协会会员，北京作家协会会员，科普与科幻小说作家。

尹传红

中国科普作家协会常务副秘书长，《科普时报》原总编辑。作为策划人、撰稿人和嘉宾主持，参与过中央电视台、北京电视台等多部大型科教节目的制作。在多家报刊开设个人专栏，已发表科学文化类作品逾200万字。

周群

北京景山学校正高级语文教师，北京市特级教师，中国科普作家协会会员，中小学科普科幻教育推广人，教育部国培项目专家，硕士生导师。在《科普时报》上开设有"面向未来做教育"专栏，发表科普科幻教育专题的文章多篇。

王元

蝌蚪五线谱签约作者，科幻作者，发表科幻小说约计百万字。出版短篇科幻小说集《绘星者》、长篇科幻小说《幸存者游戏》（与吕默默合写）。《藏在科幻里的世界·你好人类，我是人》《藏在科幻里的世界·N维记》特约科普作者。

吕默默

科幻作家、科普作家。爱读书，会弹琴，喜旅行，意识上传支持者，期待自我意识数据化。已发表科普作品50多万字，为科教频道、新华网等平台创作百集科普视频剧本。《藏在科幻里的世界·冲出地球》《藏在科幻里的世界·远行到时间尽头》特约科普作者。

单少杰

中国科学院动物研究所博士后，从事线虫-植物互作及植物保护方向的研究。蝌蚪五线谱签约作者，中国科普作家协会会员，发表科普文章近百篇。《藏在科幻里的世界·基因的欢歌》特约科普作者。

《藏在科幻里的世界》

序

Preface

习近平总书记强调："科技创新、科学普及是实现创新发展的两翼，要把科学普及放在与科技创新同等重要的位置。没有全民科学素质普遍提高，就难以建立起宏大的高素质创新大军，难以实现科技成果快速转化。"

科普作为一种教育活动，具有浓厚的时代性。不同的时代背景下，不同的社会经济发展状况下，公众对科普的需求不同，科普工作的内容和方法也有了相应的变化。

举例来说，20世纪60年代初，青少年科普读物《十万个为什么》问世，风靡数十年，其内容也与时俱进，由探索自然奥秘到普及前沿科学知识，伴随几代青少年走上科学的道路。

进入新的世纪，随着科技的迅猛发展，民众对于科普的需求又有了新的形式。

在2018年高考的全国卷Ⅲ里，有一道语文阅读题，阅读材料节选自刘慈欣的科幻小说《微纪元》，这引发了全民的热烈讨论。而刘慈欣的《带上她的眼睛》在此之前已经入选人教版初一（下）语文课本。来自教育界的种种尝试，给我们科普工作者带来了启发——优质的科幻作品或将成为青少年群体不可或缺的精神食粮。

青少年正处于培养社会主义核心价值观、科学观、审美观和科学思维的年龄段。科幻文学,无疑是在这几个方面都能给青少年补充"营养"的一种文学载体。而当前,我国青少年对于科幻阅读正处在认识不清、需求不大、不会阅读的状态,因此引导青少年读者学会"科幻阅读的正确打开方式"这一科普任务,历史性地落在了我们这一代科普工作者的肩上。

于是便有了这套"藏在科幻里的世界"的诞生。

这套"藏在科幻里的世界"由《冲出地球》《你好人类,我是人》《N维记》《基因的欢歌》《远行到时间尽头》五册构成,分别从宇航探索、人工智能、空间维度、生命科技、预测未来五个维度,精选了八年来发表于蝌蚪五线谱网站的53篇科幻微小说,并收录了来自王晋康、刘慈欣、何夕、凌晨、江波五位科幻作家的科幻作品,且由三位科普作家针对这58篇科幻小说进行了科普解读。

其中,《冲出地球》《你好人类,我是人》《N维记》涉及大量基础和前沿物理学的基础知识,《基因的欢歌》《远行到时间尽头》则涉及大量生命科学知识,套书整体兼具未来感和现实感。

科幻科普创作与其他文学形式不同,科幻科普作品是以其严谨的科学逻辑为基石来进行创作的。

本书特邀科幻科普作家凌晨老师担纲文学解读,凌晨老师表示:"科幻的思维逻辑,就是我们这些科幻爱好者和创作者想要推广的,以科学的理性思维面对世界,以幻想的广阔无疆创造世界,不惧怕即将面临的任何未来,永远保持好奇心,也永远乐观积极。"

谈及科幻与科普的关系,作为"藏在科幻里的世界"的主编之一,周忠和院士表示:科幻本身不直接传授科学知识,但它激发的是想象力，还有对科学的热爱，当然也蕴含了科学研究的思维和过程，从这个意义上来说，它对科学的普及起到的推动作用同样是巨大的。本书的另一位主编，著名科幻作家王晋康先生表示："科学给你一个坚实的起飞平台，而科幻给你一双想象力的双翅。"

这同样也是"藏在科幻里的世界"立项的初衷：倡导想象力，培养青少年的科学思维与创造思维，激发青少年对于前沿科学的好奇心，力求带给青少年和家长"科幻阅读的正确打开方式"，给予青少年科学和人文的双重滋养。

"藏在科幻里的世界"从2019年1月份立项到成书出版，历时一年半的时间，并获得了2019北京科普创作出版专项资金资助。感谢尹传红老师和周群老师在选题创意方面给予的积极建议，感谢全书38位科幻作者所提供的58篇精彩的科幻作品，感谢吕默默、王元、单少杰带着近乎科研的态度打磨书中的所有科普知识点。

非常高兴这套书能够顺利与大家见面，希望这套书能够被孩子和家长喜欢，也希望更多的"后浪"能够加入我们的科普科幻创作阵营中。

"藏在科幻里的世界"编委会
2020年7月

目录
Contents

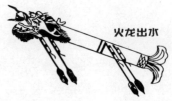

写在前面　凌晨 / 文　001

名家名篇·太阳火　凌晨 / 文　004

宇宙探索·人类"逃离"地球奋斗史　吕默默 / 文　029

微小说·剪纸　灰狐 / 文　081

微科普·进入高维之门　吕默默 / 文　085

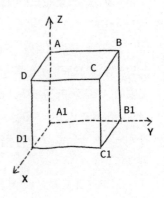

微小说·没有敌人的战争　刘洋 / 文　091

微科普·文明的级别　吕默默 / 文　095

微小说·小雷音寺　刘洋 / 文　100

微科普·神奇黑洞在哪里？　吕默默 / 文　104

微小说·π　王元 / 文　111

微科普·π与末日　吕默默 / 文　116

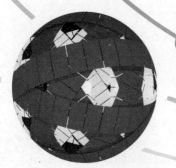

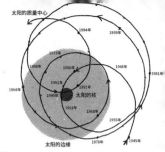

微小说·诺亚号　康乃馨 / 文　123

微科普·宇宙播种　吕默默 / 文　126

微小说·二次降临　吴擦 / 文　133

微科普·善恶外星人　吕默默 / 文　138

微小说·感受　枫叶秋林 / 文　144

微科普·计算中的外星人　吕默默 / 文　149

微小说·阿尔吉侬的启示录　简妮 / 文　155

微科普·存储！存储？　吕默默 / 文　160

微小说·无限宇宙　杨远哲 / 文　167

微科普·多重宇宙与虫洞　吕默默 / 文　178

微小说·给安娜的信　狄拉克海 / 文　184

微科普·太空中的距离和时间　吕默默 / 文　192

微小说·寄生物　有人 / 文　198

微科普·寄生？寄生！　吕默默 / 文　202

 写在前面

　　《太阳火》是我于2015年发表的短篇科幻小说，获得第七届全球华语科幻星云奖"最佳短篇小说奖"。这篇小说以人类航天活动为基础，以人工智能进化为催化剂，描述了几个小人物在一个宏大计划中经历的一夜。

　　小说的背景设置有些复杂。这也是我构思小说的一个特点，我喜欢构思背景。背景越详细，在前台活动的人物就会越形象、具体。

　　《太阳火》故事的发生时间是2065年。背景事件的背后是两条线索：一条是由于太阳活动减弱，地球在变冷，这一推论有一定科学研究基础，包括霍金等科学家都提出了地球将进入小冰河时期，但在2065年之前就全球明显变冷这个未来是虚构的；另一条是超算发展迅速，组成了全球的超算网络，在宏观尺度上与人类社会发展结合得更紧密，这是目前超算的发展趋势，是实际正在发生的。

　　这两条线索的结点就是人类使用超算，制订出激活太阳提升地球温度的ATS计划——用无人飞船精准轰炸太阳，引发太阳内部耀斑爆发，形成攻击地球的太阳风。超算系统布

置好了引流通道，引导太阳风只攻击大气层中的特定位置，触发全球大气对流方式改变，达到促进全球气候变化、减缓地球日渐变冷趋势的目的。

《太阳火》的故事就发生在ATS计划执行的前一夜，一个全球都瞩目的特殊夜晚。小说的目的不是讲述ATS计划如何制订和执行，而是要讲述普通人在这种变革时刻的经历。

小说中有4位主人公：在月球国际天文台执行ATS计划观测任务的方自健，在贵州平塘县大窝凼FAST射电望远镜执行ATS观测任务的杨志远，以及在北京中学联盟天文台昌平台进行观测的中学生林奕和赵晨光。4个人分在三地，网络实时影像对话让他们没有距离感，对ATS计划和科学的热爱让他们没有代沟，成为平等相处的朋友。

故事就在他们的对话中展开。期许、怀疑、担忧，他们渐渐发现ATS计划的漏洞，但无力修补，只有以各自的所能去应对ATS计划执行的后果。

科幻小说中，科学提供了小说的内驱力，但不能代替小说的功能。科幻小说归根结底还是小说，要刻画和描述人物。因此，宏大的ATS计划只是通过对话展现，没有正面描述。

因为小说的主要情节通过对话推动，对话就要非常符合人物的年龄、身份以及背景。在月球长大的方自健，老成稳重的杨志远，单纯热情的林奕，以及腹黑的赵晨光，都有各自的语言风格，有各自完整的故事线。

但对话体很容易使故事情节拖沓。小说用ATS计划执行的时间为节点，使故事有了"定时炸弹"似的紧张感和快节奏。对话中的信息量庞大，没有拖泥带水的废话，人物的情感表现点到就收,不放纵。这些都构成了小说"细思极恐"的文学氛围。

因而,《太阳火》有了不同于其他类似题材科幻小说的特质,成为2015年中国短篇科幻小说中的优秀作品之一。它展示了如何将人融入一个重大的科技事件之中。

凌晨

名家名篇·太阳火

● 凌晨 / 文

"文昌①,这里是国际空间环境地基监测中心②,监测正常。"

"文昌,这里是全球环境与安全监测中心,监测正常。"

"文昌,这里是国际深空探索器监测中心,监测正常。"

"文昌,这里是超算监测中心③,监测正常。"

……

无数信息集中涌入文昌航天中心综合处的ATS④计划执行部。此时,执行部圆形阶梯大厅的每一层台阶上都布满了

---

① 文昌:这里指文昌国际宇航中心,一个虚构的宇航城市,包括发射中心、宇航大学、宇航博物馆和图书馆,以及国际宇航活动管理机构等。

② 国际空间环境地基检测中心,以及下文中的全球环境与安全监测中心、国际深空探索器监测中心都是虚构的,负责空间以及地球表面各种物理参数监测的机构。

③ 超算监测中心:全球超级计算机监测中心的简称。未来,由于超级计算机数量和能力的快速提升,担心超级计算机会对人类有危害,因此出现了专门监视和评估超级计算机的国际机构。下文中出现的"超算"均指的是超级计算机。

④ ATS: Activate the sun 的简称,其目的是激活太阳,产生太阳风暴,从而改变地球的气候。

控制台，工作人员紧张地忙碌着。大厅中央，"地球-太阳实时状态展现系统"按照大厅的尺寸比例，呈现出火热明亮巨大的太阳、蓝色晶莹小巧的地球，还有在太阳和地球之间、微小得就像蚊虫的许许多多人造飞行器。

大厅墙上，一行数字不断变化，如同战鼓的鼓点，督促着每个人的脚步。

数字显示：北京时间PM 18:00　2065年3月18日。

2065年3月18日　北京时间PM 18:15
月球国际天文台

"文昌，文昌，这里是月球国际天文台，'燃火者'第四次姿态调整监测正常。"方自健报告。离他半米远处，是一个微型的"地球-太阳实时状态展现系统"，虚拟现实增强技术制造出来的太阳正安静地喷射着火焰，27艘"燃火者"无人飞船像27粒黑芝麻，贴在红彤彤的太阳上面，特别难看。方自健好几次伸出手去擦拭这些家伙，手穿过了太阳才醒悟，这一切不过是电脑的仿真影像，不由得大笑，骂一句："我这笨蛋！"

"月台，你是挺笨的。"太阳影像上叠映出夸父太阳观测站的舱室，太阳马上消失了，取而代之的是位于L5拉格朗日点[⑤]的夸父太阳观测站，站上的三名工作人员挤成一团，笑嘻嘻地说。

这三个人来自不同的国家、不同的民族，却长得好像三胞胎。方自健永远搞不清楚他们谁是谁。

"你们那边怎样？"方自健问。

---

⑤　L5拉格朗日点：地球和太阳之间的引力平衡点，是观察太阳的绝佳位置。

那三胞胎一一回答:"挺好。""太阳很老实。""磁暴就像中医点穴。"又齐齐伸出食指、中指摆出"V"状,异口同声道:"ATS激活太阳,欧耶!"

这段对话马上被文昌那边剪辑为30秒的视频,散发到星空深度网络的边边角角,博得了公众的超高点击率和关注度。

"我……"方自建扫了一眼显示在水杯壁上的全球热点话题,忍住了将要出口的脏话,装作很兴奋的样子,"公众终于肯关心我们了。"

"地球太冷了嘛。"伪三胞胎之中的一个,有板有眼地说,"ATS激活太阳后将增加地球表面20%的光照,会极大改善目前的极端天气,当然会获得公众的支持。"

"'燃火者'是关键,轰炸太阳,引发太阳内部耀斑爆发。ATS,"方自健揉揉太阳穴,"了不起。"方自健见过在月球表面集训的"燃火者",这些灵巧的自动飞行器闪着耀眼的光泽,非常漂亮。想到它们将要被太阳炙热的大气层吞没,方自健心里还觉得有些可惜。

伪三胞胎却不以为然:"它们是机器!""了不起的是我们,能够驾驭了不起的它们。""是的,没有我们的梦想,超算不过是一堆沙子。"

沙子变成了万能机器——方自健一哆嗦——不过一百二十年,就换了人间。超算甚至可以制订ATS计划了!

太阳耀斑爆发后,对外辐射将急剧增加。可见光、紫外线、X射线、伽马射线、红外线……都会呼啸着狂奔向地球,形成汹涌的太阳风暴,首先危及地日之间所有人类设施及其中人员的安全,其次破坏地球大气中的电离层,干扰地球磁场,损害全球信息通信系统。这种种的后果,如果没有超算的精心设计加以避免,改造太阳来拯救地球的ATS计划就真是白日做梦。现在,超算系统已经布置好了引流通道,引导太阳风只攻击大气层中的特定位置,从而触发全球大气对流方式改变,达到促进全球气候变化、减缓地球日渐变冷趋势的目的。

"如果超算计算有误,就错了一个小数点,"方自健问,"会有什么后果?"

伪三胞胎笑得欢实:"不可能。""想都不要想。""那不是一台超算!那是全球超算网络!整整108台!"

方自健做了个鬼脸,怀疑超算就如同怀疑人类的存在。他不怀疑,只是莫名地惊恐。

"你比我还婆婆妈妈。"杨志远说,"你在月球上发神经的时间太长了。"

是,一个人待着容易胡思乱想,但杨志远也是独自面对望远镜,他就没那么多想法。

方自健敲动水杯,呼唤好友,没有回应,大概还在外巡视。他抬起头,那伪三胞胎仍然挤在视频窗口里。

"你们觉得ATS计划能成功吗?"方自健问。

伪三胞胎信心满满,齐声笑答:"人定胜天,当然行!"

2065年3月18日　北京时间PM18:30
贵州平塘县大窝凼天文台

杨志远已经巡视完了大部分区域,他走到观景台上休息。群山环绕的大窝凼就像一口大锅,巨大的FAST射电望远镜躺在锅的底部,观景台在锅的中部。游客从观景台走到望远镜,需要沿螺旋状的道路曲折盘旋而下。望远镜从视野中的半圆形大锅渐渐变成压迫头顶的庞然大物,头顶天空全部被望远镜遮蔽,那种震撼无法言说。时值初春,山里寒冷阴湿,游客原本稀少,但最近ATS大热,连带着这个望远镜也被关注,每日游客竟然过千。此时天已经很暗了,观景台上还站着几十个人,不住朝脚下眺望。但山林到处黑黢黢的,很难找到望远镜。

"回去吧。"杨志远劝,"马上就要下雨了。"

游客们还恋恋不舍。杨志远说:"ATS直播可是绝无仅有,千古难逢。FAST天天都在这儿,跑不了。"

游客们笑起来,就有人问:"干吗晚上执行ATS计划?白天看不是更壮观?"

"13个攻击点都在大洋上空,这时候那边是白天,大洋面对太阳。"杨志远尽量耐心解释,"何况,我们不能直接面对太阳观测,眼睛会坏掉。"

游客们这才兴尽散去。微微的发动机启动声音后,几点车灯在丛林中晃动一下,天地便重归静寂。杨志远走到观景环廊入口——这是一段悬空的玻璃走廊,游客们最喜欢,白天站在上面,人好像漂浮在望远镜里。杨志远走上去,低头,他分辨得出玻璃下面大望远镜粗黑的轮廓。碳钢玻璃反射着他夜视鞋的冷光,显出自身晶莹剔透的存在,提醒着他正站在一块玻璃上面。

人类的现在,是不是也在玻璃板上?超算组成的玻璃板,强大坚硬,将人类和自然隔绝开来。为了人类的舒适,玻璃板就变出各种花样。他脚下这块是超强度的玻璃板,坦克压过来都经受得住。正要执行的ATS计划,则是超规模,目的是为了让人类享受到舒适的气候。10年来,地球平均气温一直在降低,各地气候都在变化。大窝凼的冬天越来越冷、越来越潮湿。几滴冰碴儿扎进杨志远的皮肤,山区的毛毛细雨落下就凝结起来,如细小的冰沙,糊在人身上,寒冷到骨头中去。尽管杨志远就是本地人,但他还是在这凝毛细雨中打战。

杨志远快步走回观测站。FAST专注"两暗一黑三起源"⑥五十年,在太空望远镜越来越多的今天已经失宠,这次能参加ATS观测系统,说不好是幸运还是祸事。

观测站里温暖明亮,杨志远脱下已经潮湿的外套。初春的站上没有第二个人了,他吹了一声口哨。

方自健的虚拟形象出现,时间显示是12分钟前的留言。

"我害怕。"方自健说,脸色沉郁,"万一那些攻击点不对,触发错误……我不敢想象。"

又一个虚拟形象出现,8分钟前的留言。这是一个短发的小姑娘,穿着紫红色的春季校服,精神抖擞。杨志远认出她是自己做顾问的中学联盟天文台的会员林奕。

林奕满心欢喜:"杨老师,我们切入了惠灵顿联合观测站⑦的系统,这样,我们就可以完成观测任务了!"

杨志远把林奕的留言复制给了方自健,附加自己的一句话:"举世皆欢你独醒,你好意思吗?"

2065年3月18日　　北京时间PM19:00
中学联盟天文台昌平台

《新闻联播》片头曲开始的时候,一直碎屑般在天空飘荡的雪花终于变成了鹅毛状,劈头盖脸地砸向路人。赵晨光赶紧小

---

⑥ 两暗一黑三起源:指天文望远镜的工作任务,两暗是指暗物质和暗能量,一黑是黑洞,三起源则是天体、宇宙和生命的起源。

⑦ 惠灵顿联合观测站:一个虚构的国际天文机构,负责天文教育、天文观测组织、大众宣教等工作。

跑几步,踏上天文台的台阶,在《新闻联播》主持人"今天的主要新闻有……"的声音中走进天文台,身形和正在絮叨的主持人合二为一。主持人的虚拟影像毫无障碍地继续念叨全球大事,倒是赵晨光被影像晃了一下眼睛,跟跄了几步,冲到工作台前才站稳。

"你小心点!"林奕尖叫,赶紧点关闭键,工作台台面立刻恢复为普通的黑色塑料桌面,耐压、耐脏、耐高温。

赵晨光把盒饭放在桌面上,喘口气,拍打身上的雪,"春分还下这么大的雪,老天爷又发神经。"

林奕瞪眼:"这几年不都是这样嘛,地球开启了'冰寒'模式而已。你们男生就爱瞎抱怨。"

赵晨光吐舌,做个鬼脸。《新闻联播》的主持人正在播报:"春分麦起身,一刻值千金。但本周华北地区的持续降雪,给春小麦的生长带来了极大困难。"影像随即变成白茫茫一片的郊野大地,大雪中,蹲在田头的农民满脸焦虑。

林奕不快:"怎么回事,今天的头条不该是ATS吗?"

"ATS毕竟是天上的事情,和咱老百姓关系不大呀。"赵晨光逮着机会吐槽。

"瞎扯,ATS不就是为了改善气候环境,让春分能升温下雨,和从前一样吗?关系大了去了。"林奕生气,就要关闭电视。

"别别,"赵晨光赶紧拦住她,"往下看肯定有。"

画面切回到主持人中国男性标准的脸庞上,他用非常好听的普通话字正腔圆地播报:"今天午夜,ATS计划将正式实施。目前,全球已经有47亿人订阅了实况转播。"画面上出现了世界各地的天文台和观测站,各种肤色发色的男男女女粉丝穿着厚实的棉衣守候在这些台站旁，满脸兴奋之色。

林奕不屑，点击桌面，工作台台面恢复了，她调出ATS专用频道。

赵晨光惊呼："哇，惠灵顿系统给了我们接口！"

林奕都懒得生气了，说："大惊小怪！我们的观测成绩一直很好，为什么不能有接口！"

赵晨光不习惯平面视频，想更改为立体显示模式，林奕的手却抢在他的手之前接触屏幕，点击台面。

月球国际天文台出现了，方自健有点惊恐地回过头。

"是你们啊。"方自健勉强做出愉快的表情，"你们还没吃饭？"

"方老师，我们进入了惠灵顿联合观测站的系统，和他们共享中学天文台网观测数据，这样就能描绘太阳黑子在ATS计划执行期间的变化情况了。"林奕兴冲冲汇报，"要不我们就什么都干不了，只能傻坐着等天亮。到那时太阳耀斑爆发早结束了。"

原来，方自健听了杨志远的话也当了中学联盟天文台的顾问。相比林奕的兴奋，赵晨光一脸"我还没吃饭就别讨论星星了"的表情更吸引他，他问赵晨光："你不相信ATS能成功？"

"啊？"赵晨光奇怪，挠头，"我没想过。超算做的事情会不成功？"

方自健连忙解释："噢，当然会成功。超级计算机嘛，尤其是网络化之后，能耐大了。"这话说得很不真诚，方自健不由得四下看看，幸好繁星3号听不出他声音中的调侃之意。繁星3号是月球上的超算，管理着月球上的一切人类设施，支持着月球上人类的所有活动,它就埋在南极月海的地下。现在,繁星3号还是执行ATS计划的超算网络中的一个节点。

但林奕听出了方自健语气中的问题,立刻问:"老师,你觉得ATS这事不大可能成功?超算的计算方式和逻辑推理有问题?"

方自健感到额头发凉,摸摸却并没有冷汗出来。他并不擅长编造理由,连忙说:"我哪儿有能耐看出超算的问题!我还局限在人类的思维定式和行为框架中,对太阳心生畏惧。"

"这样啊!"林奕深表同情,"那您真不如杨老师。"

方自健连忙表示赞同:"是啊是啊,我还要向杨老师学习。"杨志远怎么说来着——举世皆欢你独醒,最讨人嫌的行为就是在大家高兴的时候泼冷水。

"可是,"赵晨光慢吞吞地问,"超算真没有失手的时候吗?"

2065年3月18日　北京时间PM19:45
月球国际天文台

超算还真没有失手的时候。方自健用了半个小时梳理超算的发展历史,死活想不出来超算失败的例子。随着虚拟场景的不断变化,他脑子中充满了"超算为自己找到了永动机""太空进入超算时代""超算在月球成功开机"等新闻标题,20年来超算帮助人类消灭疾病和战争,走入深海与太空,已经深深渗透进了人类的生活之中。方自健扫视四周,仪器全部铆死在了墙里面,一排排整齐有序,反射着从长方形窗户外射进来的明亮的阳光。月球南极阳光灿烂,四台巨大的天文望远镜沐浴在光海之中,气势磅礴。方自健不由得肃然起敬。生活在这个科学昌明发达的年代，人们马上就要利用太阳开展地球气候改造工程了，应该理所当然地自豪骄傲啊！怎么自己内心却如此地充满怀疑和不安呢？

"文昌呼唤。"随着一个调皮的女声，虚拟场景变回"地球-太阳实时状态展现系统"。拉格朗日站、月球天文台，以及分布在地球和太阳之间的其他人造设施都清晰可见。方自健甚至想，放大月球天文台后，一定能看到自己正坐在控制室中发呆的傻样。

"你们都还好吗？"女声问，ATS计划执行部的虚拟形象Sunny走向方自健。这是一个年轻充满活力的女性形象，笑容甜美，身体曲线动人，此时她同时也出现在其他工作人员面前。

地日间的所有工作人员的头像瞬间全部出现，压住各自所在的设施影像。虽然七嘴八舌，但大家表达的意思基本一致：没问题，太阳很正常，计划很顺利，我们很开心。

Sunny说："24点ATS计划开始执行，我们将见证人类历史上最伟大、最了不起的时刻。届时，公众一定会渴望从你们那里得到更多的相关信息。希望你们注意言辞。"

"噢，那你不用担心。而且我们所有的对话都在内网中，必须通过你才能发布。"方自健说，觉得Sunny未免有些小题大做。

"例行通知。"Sunny微笑，"毕竟敢在太阳头上动土，这还是人类有史以来的第一次。"

方自健愣住，反应这么敏捷又可爱的Sunny还是第一次见，超算升级智能处理程序了？

"我们深感荣幸。"伪三胞胎像对待真正的女士那样奉承道，私聊频道还跳出一句话给方自健："超算终于做对了一件事情。"

超算网络的运算速度达到兆亿亿次，比闪电还快，比思维还迅捷，它几乎无所不能，制造Sunny只是小菜一碟。

"其实敢在太阳头上动土的，是超算啊。"方自健暗自想，这句俏皮话通过私聊频道传给了杨志远和林奕他们。

"老师，"赵晨光回应道，"太阳对于超算，只是数据计算量庞大的一个工作对象，超算不会产生我们对太阳的那种崇敬感和畏惧感，对吗？"

方自健点头："是这样。"

赵晨光的表情少有的严肃，他字斟句酌缓慢说道："老师，我发现了一个问题。"

2065年3月18日　北京时间PM20:00
中学联盟天文台昌平台

赵晨光在林奕眼里，是个很二百五的学渣，也就是体力好点，带出去野外观测时能搬个重仪器、能熬夜，其他基本没有可取之处。对赵晨光为何要选择天文社团，林奕压根儿不感兴趣，因为赵晨光连目镜和物镜都分不清！

所以，当赵晨光说他发现了一个问题，方自健只是好奇，林奕却是极为吃惊，甚至在想：这家伙千万别说出什么白痴问题，毁了我台的形象。

像是要让林奕更吃惊似的，赵晨光调出了一张超算网络全球分布图，他说："老师，我发现绝大部分超算分布在北半球的这一带。"他的手划过地球，超算在他手底下依稀发出亮光，连缀起一条绚烂的光道。

"是的。"方自健点头，"有什么问题吗？"

赵晨光调出了第二张图，这是一张昨天的全球气温图。两张图重合在一起。赵晨光得意扬扬:"怎样,问题大吧?"

"什么问题啊!"林奕没看出有什么毛病,责备赵晨光,"你别神经了,赶紧的,我们还有很多事情要做,我们可不是ATS的旁观者。"

方自健也摇头。

"不会吧,你们竟然看不出来——"赵晨光嚷,"超算所在地气温都很低!"

"那又怎样!"林奕还是没明白。

方自健说:"这很正常。超算运行时会产生大量的热,需要气温较低的环境,所以,"他忽然停住,看着赵晨光,"你想到了什么?"

"人类害怕低温,但超算不怕。"赵晨光说,"我的问题就是,超算们真的会全力以赴地帮助我们吗?"

"你什么意思?"林奕着急,推赵晨光,"说话别大喘气!"

赵晨光撇嘴:"我的师姐,你要是在救人的同时却烧死了家人,你还会救吗?如果ATS计划顺利执行,有19台入网超算所在地区的温度将提升5~10度,甚至更高。"

林奕一时转不过弯。

方自健却已经联络杨志远:"老杨,你觉得这问题怎样?会对ATS计划产生影响吗?"

2065年3月18日　北京时间PM20:20
贵州平塘县大窝凼天文台

方自健的声音在办公室中响起的时候,杨志远正埋头读一篇关于柯伊伯带的文章。最近嫦娥2号探测器在柯伊伯带旅行,它发回来的信息与FAST的观察结果有重叠部分。恍然间,他仿佛站在柯伊伯带的太空石子上，寻找着遥远深邃空间中那一点闪烁的阳光。

杨志远愣了几秒，才打开方自健的语音记录。方自健的声音中有点儿看热闹不嫌事大的淘气："老杨，你觉得这问题怎样？会对ATS计划产生影响吗？"

杨志远揉揉太阳穴，答案脱口而出："不会，108台超算中有21台备用机，随时可以替代彼此。"

2065年3月18日　北京时间PM20:40
月球国际天文台

"好吧。我们的计划万无一失。"方自健回应，备用机这事儿他怎么就没想起来呢？潜意识里，他是真的想发现ATS计划的问题，让自己的怀疑和担忧落到实处。

其实ATS计划和方自健没多大关系，他出生在太空城市中，习惯了微重力的环境、洁净的人造空气、绝对的孤独以及虚拟的人际交往。他的真实生活里，从来没有同时接触5个以上实体人的经验。地球对他来说只是视觉上的一种习惯存在。

方自健的目光落在地上。繁星3号就在脚下，它能计算出赵晨光问题的答案，只要他给一个指令。但指令一旦发出，就等于向整个超算网络宣布他的怀疑。

"同学们，杨老师说，"方自健强调"杨老师"三个字，"温度变化对超算系统没影响，有备用机。"

2065年3月18日　北京时间PM21:00

中学联盟天文台昌平台

"真的没影响?"赵晨光反问,对等了一个小时才得到的答案并不满意,声音里不由得带了些抱怨和委屈,"老师你确定?我可不是信口开河。"

"你没信口开河?"林奕憋了一个小时,终于忍不住发作了,"有影响、没影响是你拍拍脑袋看看地图就能得出来的结论?科学得有依据!"

赵晨光说:"当然有,我给你看。"他手触屏幕,导入个人资料库地址。资料库按照他的喜好做成飞机状,他打开机舱门跳进去……赵晨光忽然终止动作,看着林奕,有点犹豫:"我讲给你听吧。"

林奕拉开一张椅子坐下:"成,给你5分钟,说吧。"

赵晨光却什么都说不出来。抱臂跷起了二郎腿的林奕,比校长都有权威性和压迫感。

"快说。"林奕催促,"我要开始计时了。"林奕最讨厌赵晨光每到关键时刻就吞吞吐吐的白痴样,"怎么不说了?平时你倒是伶牙俐齿,说得过曹操吓得退司马懿,狗屁,有什么用!"

赵晨光一拍大腿:"罢了,我给你看。"

2065年3月18日　北京时间PM21:30
贵州平塘县大窝凼天文台

"杨老师,您还记得2049年的机器人KTV杀人事件吗?"林奕问,看过赵晨光的那些黑材料,她还真有点忧心忡忡,"日本发生的那起。"

一些资料图片涌进杨志远面前的虚拟显示区,在他眼前自动播放。那是在KTV从事服务业的人形娱乐机器人,忽然放火烧掉了KTV，造成顾客九死十伤的悲剧事件。

"我记得。"杨志远回答，"这之后加强了对机器人的行为监控。你们想说什么？"

"那些机器人，是出云4号超算控制的工厂制作的，包括行为模式输入。"赵晨光说，"出云4号后来被禁用，您知道是为什么吗？"

杨志远摇头。一台超算被停止工作的原因很多，比如小桂，大窝凼天文台成立初期定制的超级计算机，由于ATS的大部分项目被太空望远镜取代，经费捉襟见肘，就只能束之高阁。

看到杨志远忽然黯淡的面孔，赵晨光倒豆子一样哗啦啦一气说出来："调查发现，出云4号不仅为机器人在设计时输入行为模式，还接受它们的行为反馈，随时调整机器人的表现。也就是说，这些机器人实际上是由出云4号操纵的。机器人纵火，并非报道中的机器人控制失灵，而是超算指挥。超算杀了人！因为人欺负了那些娱乐机器人！"

林奕拉住赵晨光："别激动别激动，慢点说。"

"类似的例子，在这20年中发生了多少起，老师您知道吗？39起！总共有783人丧生！老师！"赵晨光情绪上来，语速有些不稳，掐住林奕的手臂，"这不是事故，这是蓄意谋杀！"

杨志远劝道："真别激动，晨光，每年全球交通事故的死亡人数有多少？你不能就此认为，那些无人汽车、高速火车和超音速飞机想谋杀人。"

"不，不，这怎么能和交通事故相比呢？这是有意识地谋杀！"赵晨光提高音量，"老师，超算是超级计算机，也是强智能计算机，它从'他识'上升到'我识'不过是个时间问题。"

林奕的手臂被赵晨光掐疼了，她本想甩开这只讨厌的手，但"他识"和"我识"两个词儿把她惊到了，使她一时间忘记了皮肤的感受。这……这个声嘶力竭、认真到满面通红的男生，真是她认识的那个嬉皮笑脸成天没正形的赵晨光吗？

杨志远也吃了一惊，不由得眉心打了个结，严肃地说："晨光，你说到的是人工智能和超级人工智能的问题。不是那么简单的，也不是……"他停顿几秒，斟酌词句，不想伤了孩子们的热情，但又不能不提醒，"你们这个年龄该考虑的事情。"

"不，不，"赵晨光连连摆手，"老师您误解了，我说的不是超能超脑什么的，我想说的是，ATS计划，可能要出事儿！"

2065年3月18日　北京时间PM21:50
月球国际天文台

方自健跳起来，一时忽略了月球引力，重重撞到了墙上。他反弹回去，穿过虚空中的杨志远，摔在地上。

他记得机器人KTV纵火事件。这件事占据了两天的舆论热点头条，新闻报道和研究文章铺天盖地。但大众的关注重点是娱乐机器人的智能仿真度，需不需要将人类情感中的负面情绪都仿真出来。没人多想出云4号在事件中的作用。

超算有了自我意识，所以对人类欺负低级计算器也就是娱乐机器人产生不满，所以指挥娱乐机器人放火烧死了KTV中的顾客，这像是一部20世纪的科幻电影，太没新鲜感了。

要知道为了防止人工智能对人产生不利影响，有个组织叫国际人工智能伦理评审委员会，还有个机构叫超算监测中心。委员会仲裁，监测中心操作，就像人工智能头上的两把利剑，随时可以刺下去阻止人工智能的发展进程。

超算监测中心考虑的就是超算联网后并行的数据处理能力，会不会突破量变到质变的阈值，达到"超级人工智能"的可能性。监测中心记录了超算的每一条指令、每一个数据流，会定期对超算的智能度进行检测评估。如果确实有哪台超算出现超智能思维，哪怕仅仅是思维的蛛丝马迹，监测中心都可以下命令毁掉它。每台超算的控制程序之中都埋有一颗逻辑炸弹，一旦启用，系统将出现大量冗余计算问题，超算再惊人的运算能力也应付不来，从而死机变成一堆废铜烂铁。

人类需要的是强人工智能，能高速高效地为人类工作和服务，而不是无法预测和控制的超人工智能。

杨志远的表情却很镇定："晨光，你的担心只是人类对大工程的不适应心理。有个类似组织就叫'别动太阳'，想炸掉全球的超算阻止ATS计划。"

"是的，他们的观点是超算把人类养懒了。人类越离不开超算，做生物电池的那天就越近。"方自健想起来，"这种观点也是陈词滥调。"

"老师，"赵晨光看看天上和地上的两位辅导员，神情郑重，"你们手边就有超算，为什么不马上计算一下超算在ATS计划中可能的反应呢？"

2065年3月18日　北京时间PM22:00
贵州平塘县大窝凼天文台

杨志远没说话。他是天文台的站长，要启用小桂可以找出无数理由，大不了用下半年的工资预支电费。FAST的超算小桂是2020年制造的，已经小型化和高效能化，在当时是最先进的超级计算机。尽管现在小桂的计算力在超算中排不上号了，但计算赵晨光的问题还是绰绰有余。

赵晨光等了几秒，没有得到任何反馈，很是失望："要是我能调动超算就好了。你们，你们大人不敢。"

方自健这时候才说："从策划到决策，ATS计划是人类历史上第一个完全由'他物'操作的重大工程。人类在关乎种族前途这么重大的问题上，竟然放弃了任何思考，而把巨大的权力和风险，都交给了超级计算机。"他笑起来，"未来地球气候是否如人所愿，人类能否活得舒适快乐，全在于超算今天晚上能否表现正常，不发神经。"

"对啊，那它会表现正常吗？"赵晨光焦躁。

方自健说："不知道。但这20年来超算没有出过差错。"

"那不等于它以后不会出错。"赵晨光焦急，"时间快到了。你们，真的要束手旁观吗？"

"老杨，你怎么说？"方自健叫嚷。

窗外的雨还在下，嫦娥2号探测器仍然在柯伊伯带内代表人类文明前行，超算代表的机器智慧也在日渐成长，终有一天会独立于人类存在。那一天会不会是今天？

杨志远终于回答："我在想，我是个成年人，如果社会责任感连一个15岁的孩子都比不上，实在说不过去。"

2065年3月18日　北京时间PM22:40
中学联盟天文台昌平台

工作台上，南半球的天空蓝得透亮清澈。天顶中，太阳闪动着璀璨的光芒，惠灵顿联合观测站正沐浴其中。

林奕已经连接上了观测站，可以随时进入其虚拟站房展开观察,但她心神不宁,迟迟没有踏进虚拟投影区域。

"小桂还没有结果吗?"她问。

赵晨光摇头。

"你觉得那些产生自我识的超算首先会维护自己的利益,"林奕整理赵晨光的思路,"如果环境温度升高会给超算带来诸如芯片过热、能源供应紧张、数据紊乱等问题,超算就可能采取特别手段保护自己。"

赵晨光点头。

林奕就问:"那你认为超算会采取什么手段?如果那19台超算拒绝执行ATS计划的命令,系统会强行关闭它们,启动备用超算。别忘记还有超算监测中心在!"

"学姐,"赵晨光提醒,"超算监测中心也是一台超算,名字叫女娲。"

林奕愣住。

2065年3月18日　北京时间PM23:00
月球国际天文台

方自健的表情说不上开心还是忧愁,他对30万千米外的杨志远说:"我把繁星3号模拟的结果递交上去了。"

"好。我们分别向两个不相干的部门汇报了各自的计算结果。但这报告改变不了什么。"杨志远说,"小桂也只是模拟了一种可能。"

在这种可能里,那19台超算由于升温产生了一些问题被替换了,对整个网络来说它们无足轻重,ATS计划被严格无误地执行了。但在ATS计划执行过程中,超算之间的大规模数据整合与调控达到兆兆亿次,几十亿个参数瞬间湮灭又产生,女娲的监察控制能力无法跟上，对超算智能的禁锢将被突破。

小桂的模拟到这里结束。禁锢被突破后会怎样，它以参数不够为由拒绝了，留下无尽的想象空间。

"极大的可能：硅基生命的文明，"方自健吹声口哨，"自明日始。呵呵。"

杨志远点头说："是诞生一个异类文明还是忍受极度严寒，这需要全体人类进行选择。"

2065年3月18日　北京时间PM23:20
贵州平塘县大窝凼天文台

"会是这样的未来？"赵晨光怀疑，"我还以为，只会影响到ATS。"

杨志远鼓励他："谈谈你的想法。"

赵晨光说："那19台超算拒绝执行命令被替换，超算就会分成两派，一派支持ATS计划，一派要求保护低温地区的现状。它们之间会发生逻辑错误。如果女娲因此判断超算出现严重的我识，干扰超算工作，那ATS将无法执行。"

林奕盯住赵晨光，突然问："你一根本不懂天文的人到天文社来干什么？"

"你别乱猜，"赵晨光赶紧声明，"我虽然天文不咋地，但我对电脑比较了解，11岁时我参加过'给超算找Bug'的亚洲区比赛，要不是腮腺炎，我能冲进前十去……"

"那你该去超算爱好社，"林奕的目光依然压迫着赵晨光，"你跑到我这儿来，是想通过我的系统黑掉ATS吗？"

赵晨光大笑："你编科幻小说呢吧！我来这儿，只是想追你而已。"

林奕听到了这个晚上最荒唐的话,她有点气愤又有点尴尬,厉声道:"你别胡说八道了!"

"我没胡说八道。"赵晨光认真地说,"马上ATS就会改变这个世界了,不管这改变是好还是坏,我都愿意陪着学姐你接受它,在新的世界中寻找我们的未来。"

林奕想要再说些什么,张开嘴,却什么也没说出来。

杨志远看着这两个少年,微笑。在这充满未知的黑夜,只有少年们的眼睛是明亮的。

2065年3月18日　北京时间PM23:50
月球国际天文台

方自健对面前的杨志远、赵晨光、林奕摆手:"执行部的信号要进来了,不能再聊了。"

"对小桂的报告,上面没有反应吗?"林奕问。

"没有。也许我们神经过敏,也许上面早有对策。也许,那报告根本就送不上去。所有通信方式都在超算掌控之中。"方自健微微皱眉,"我们明天见。"

杨志远叹息:"哪怕是推迟执行ATS计划,也不可能吗?"

方自健苦笑:"我们人微言轻。老杨,既能生活在温暖如春的地方又能目睹一个异类文明诞生,也算前无古人的珍贵经历。"

"但那是异类文明,会不会对我们有害?"赵晨光问。

"硅基文明吗?它自有生存之道。我觉得人类的资源对它来说都是垃圾。"方自健扮个鬼脸,"地球不够大的话,还有太阳系,足够容得下两种文明形态。"

信号铃声响,杨志远等人的虚拟形象骤然消失了,取而代之的是微型"地球-太阳实时状态展现系统",还有明眸皓齿的虚拟姑娘Sunny。

"文昌，这里是月球国际天文台，'燃火者'监测正常。"方自健报告。

Sunny盯住方自健看，直到把他看得出汗，才问："你要求推迟执行ATS？"

"是。"方自健点头，"我认为对这个计划执行后的结果估计不足。"

"时机正好，无法因少数几个人的怀疑就改变。抱歉。"Sunny说。

"没关系。"方自健深呼吸，"这又不是你的错。"

"等地球花开，指挥中心会安排你到地球休养。你想去哪里？"Sunny问。

"大窝凼。"方自健立刻回答，"我喜欢FAST。"

Sunny微笑，挥舞漂亮的手，宣布："时间到了。"

地日虚拟系统上，出现一行小字：

北京时间AM00:00 2065年3月19日

2065年3月19日 北京时间AM00:00
文昌国际宇航中心ATS计划执行部

"燃火者"一艘艘投进了太阳的火焰之中，27艘漂亮的人类文明的结晶须臾不见，只有火焰在狂舞。

"文昌，国际卫星联络处，相关卫星已经关闭。"

"文昌，国际航空联络处，相关航班已经取消。"

"文昌，国际空间站联络处，各空间站已改变轨道，站上乘客均已进入防护舱。"

"文昌，超算监测中心，监测正常。"

太阳上用黑色小旗标定的色球层区域突然明亮起来，耀眼的光芒即便是用虚拟系统表现，也刺得观察者睁不开眼睛。

太阳色球层中，光芒持续增长着。

27艘"燃火者"按照设计要求有条不紊地一一爆炸，刺激太阳，促使其产生了预期中的耀斑喷发。

控制大厅中响起一片欢呼声和掌声。

"M5.9，X1.2，X2.8，"监测站不断报告着耀斑等级，声音都一蹦三尺高，"X5.3！最高级别！喷发达到预定值！"

2065年3月19日　北京时间AM00:11
月球国际天文台

太阳中的增亮区域喷射出长长的火焰，红色瞬间占据了整个虚拟图像，映照着方自健的脸。

方自健整个人都是红彤彤的，他不由得也鼓掌，甚至拥抱Sunny。

"夸父"太阳观测站的伪三胞胎一起出现，依然挤成一团，笑嘻嘻地说："酒！开瓶酒。"

"好，干杯。"方自健比了个动作。管它什么硅基、碳基，如此宏大的行动，该为地球一醉。

伪三胞胎一起抬臂。一道光芒切了过来，瞬间火花乱窜。三胞胎的图像抖动了几秒，随着一声震响，突然消失了。

方自健急忙看向地日虚拟系统，"夸父"太阳观测站正在燃烧，随即爆炸。

仿佛被巫婆的扫帚扫中了一样，地日之间的人类设施一个个爆炸，产生一朵朵小火花，翻腾盛开在黑色的宇宙绒布上，有种邪恶的美丽。

地日虚拟系统开始抖动，像是被这恐怖的意外吓傻了。Sunny也抖动起来。忽然，虚拟的地球、太阳还有Sunny都消失了，通信频道中一片杂乱，瞬间无声。

方自健的双手颤动着，但他不敢有丝毫迟疑，急忙按下面前操纵台上的一个按键。那是一个启动指令，立刻打开设在繁星3号和超算网络接口上的一道逻辑锁。

这样，即便有硅基文明诞生，起码繁星3号在一段时间内，依然是人类的工具。

2065年3月19日　北京时间AM00:21
中学联盟天文台昌平台

耀斑开始爆发后，林奕就全力以赴追踪耀斑的变化，毫不理睬身边的赵晨光。此时，林奕看到了地日之间最悲惨的一幕。她的心脏忽然就不跳了，有那么一会儿，她觉得自己连呼吸都停顿了。

林奕满脸泪水，她愤怒地冲赵晨光叫嚷："你说中了！都让你说中了！超算杀死了他们！那些在太空的航天员和科学家！"

赵晨光牵住她的手，拉她往外跑。

"你要干吗你！"林奕狠狠甩掉他的手。

"你看，那边！"赵晨光指指天空。

天边，一片片绚烂的色彩闪动，光彩夺目。

"极光啊！"赵晨光提醒林奕，"太阳风电离了大气层引起的。"

林奕看着平时只有在高纬度地区才会显现的极光，惊惧的脑子才一点点恢复了感觉，"太阳风过来了，对那些气候触发点起作用了吗？"

赵晨光摇头:"现在还不知道,要等各地方的消息。这雪是越来越大了。"

赵晨光把大衣脱下来披在林奕身上。

2065年3月19日　北京时间AM00:45
贵州平塘县大窝凼天文台

地日空间中凌乱得一塌糊涂,90多个无人和载人的空间器被瞬间直射而来的高能摧毁。人类在"地球-太阳"间的设施均无幸免。

杨志远关闭了直播。他转过头,问小桂:"这个结果,你怎么没有算到呢?这就是硅基文明的开始吗?"

小桂沉默不语。

杨志远穿好外套:"我要出去走走。你看门。以后无论多么艰难的情况,我都不会关闭你。我们得做好准备,迎接战争的到来。"

小桂的铁皮外壳中呜咽了一声。

杨志远说:"是的,战争!我们将像猴子一样拿着棍棒打仗,超算会占据上风。但我们没有退路。"他忽然笑了笑,继续说:"方自健这家伙在的话,一定会说,自己造的超算,就要有'超算超过自己该怎么办'的预期啊!"

宇宙探索·人类"逃离"地球奋斗史

● 吕默默 / 文

一、万户的真真假假

古诗云：举杯邀明月，对影成三人。

倘若说李白没有幻想过登上月球，各位肯定不信。在那个认为天圆地方的年代，有不少人做过"飞天梦"。光说不做假把式，以古代的科技水平，对抗强大的地心引力太难了。但也有人做出了"打屁股"的努力，比如传闻中的万户。

流传比较广的万户或者万虎飞天的时间，大约在公元1500年。传说中他是明朝时候的一个小官，被一些媒体描述为"历史上首位尝试用火箭升空的人"。这个传闻甚至出现在当时的一些学校指定的课外读物上。

这传闻是真是假呢？

为此查找资料，发现与这则传闻最接近的是1909年10月2日《科学美国人》的243页上，一个署名为约翰·艾尔弗雷斯·沃特金斯（John Elfreth Watkins）的作者在文章里描述了一个与万户传闻十分相似的故事。故事的主人公为Wang Tu，发生的时间是公元前2000年。

故事的大致内容为，历史上第一个因尝试飞行而牺牲的人是大约生活在公元前2000年的中国官员王屠。他自己动手做了一架巨大的风筝,然后把椅子固定在风筝上,找来手下配上47支火箭。待王屠坐定,命手下点燃火箭,随后他没有顺利起飞,火箭爆炸了,把他烧伤。皇帝知晓后,杖责了他。

这个故事漏洞百出,首先公元前2000年中国哪来的皇帝?中国历史上第一个皇帝秦始皇还有1800多年才会出现。火箭?距离历史有记载的、用于军事目的的火药使用(904年)还有将近3000年的时间。王屠难不成是穿越者?带去了火药?

这个故事最初如何以讹传讹变成了万户,甚至让他来到了明朝,很难考究。美国火箭专家赫伯特·吉姆在《火箭与喷气发动机》中提到过这个传说。此外,一些苏联和德国的专家也在专著中提到过这个事情。一传十、十传百,这个故事最终传进了国内,迷惑了大多数人。在现存的中国历史资料中尚未发现关于万户或者万虎的记载,有记载的资料也是国外翻译到国内的一些书籍。

美国的探索频道的《流言终结者》节目曾经以万户的传闻制作了飞行座椅进行实验,当烟花火箭点燃后,座椅最多飞起来半米就爆炸了。困在椅子上的模型被烧得不成样子。王屠当时如果做这个实验,恐怕还没挨到皇帝的板子就已经被烧死了。

万户并没有摆脱地心引力的束缚,离开地面,但他的故事挣脱了人类的想象力,给了我们一种浪漫的幻想。

说到幻想,读科幻小说有不少"功用",其中之一是可以培养读者的科学素质,以启迪想象为主。因此,科幻里的"设

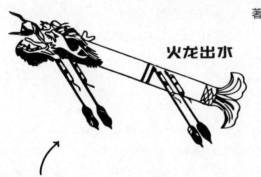

■ 16世纪中叶,中国发明了一种可以水陆两用的新式火箭,叫"火龙出水"。使用火龙出水时,先由"龙"下四个大火箭筒推送火龙前进;当筒药将完之时,"龙"内若干神机火箭飞出,以射敌人

定和点子"大多数都以现实世界中的科技为基础,进行了延伸、发散,以预见未来。本书第一篇科幻小说是凌晨老师的《太阳火》,就是基于现实理论——地球的冰河期为灵感所作。

小说中,为了阻止太阳活动变弱、地球进入冰河期,科学家们决定撞击太阳适当的点,引发太阳内部耀斑爆发,激起攻击地球的太阳风,触发全球大气对流方式改变,影响全球进入冰河期的进程。

别看如今因为温室气体的超量排放引起全球升温加快,如果太阳进入冬眠期,的确有可能让地球进入冰河时期。在这点设定上作者相当专业。当然,这对人类来说,也是一场灾难。

故事没有直接进行撞击太阳的描写,而是从4位主人公开始进入,他们发现了激活太阳计划的漏洞,这条路如何走下去呢?

科幻小说的一部分是超前、想象力爆棚的科学设定,另一部分则是小说,是科学幻想与描述人物的结合。没有人物和故事,科幻小说也就只能是干巴巴的文字设定罢了,更别说给读者以启迪。《太阳火》这篇小说,在设定上有理有据,富有想象力,同样在人物和故事上也下了一番功夫,使得设定坚挺,人物立体,故事流畅引人入胜。这也正是小说2015年获得华语科幻星云奖的主要原因。

《太阳火》小说中的时间是未来,人类早已经进入了太空,甚至可以控制无人驾驶飞船去撞击太阳表面。这表明科技已经相当发达,人类几乎已经可以摆脱引力束缚。但实际情况呢?近几年全球每年的太空发射任务很少,2018年刚刚破百。可以说,"逃离"地球我们还没迈出第一步呢!

二、眼睛"逃离"地球

对于正常人来说,进入太空是一种超级奢侈的愿望。现在已经成行的自费太空旅行者两只手都数得过来。第一位旅客丹尼斯·蒂托于2001年花掉了2 000万美元,进行了一次为期十天的太空之旅。这对一般人来说,太贵了。有没有便宜的方法呢?望远镜就可以啊,至少让我们的眼睛暂时逃离地球。

望远镜的历史

人类真正开始摆脱地球引力,有逃离地球的能力,还是进入20世纪中叶之后。在此之前一直是用望远镜在观察遥远的星空。

17世纪初,荷兰的一位眼镜商人汉斯·利伯希(Hans Lippershey)无意中将两块透镜排成一条线,发现远处的景物通过透镜似乎拉近了一些。1608年,这位商人为自己的发现申请了专利,并按要求制作了一架双筒望远镜,人类第一架望远镜就此诞生。

此后,各国的研究者都在发展、研究属于自己的望远镜。我们熟悉的伽利略就是其中之一,这位博学的意大利科学家在听闻荷兰眼镜商人发明了供人玩赏的望远镜之后,虽然没见过实物,但思考数日之后,用风琴管和凹凸透镜制成了望远镜。这之后他又把倍率提高到9,1610年又将倍率提高到33。伽利略用自己制造的望远镜观察日月星辰,发现甚多。1610年3月,这位意大利科学家出版了《星空信使》一书,震撼全欧。随后他又发现了金星盈亏与变化大小,这对日心说是一种强有力的支持。

使用两块透镜成像的望远镜叫作折射望远镜,伽利略做的就是这种。早期的折射望远镜有个问题——即使加工再精密也不能

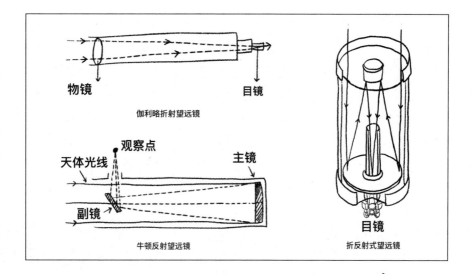

■ 望远镜发展史

消除色差。这时我们都认识的牛顿出场了,他曾认为折射望远镜的色差是无法消除的。牛顿在1668年制作出了反射望远镜,虽然比较小,但是已经能够比较清楚地看到木星的卫星。而后,在1672年,牛顿又做出了一台更大的反射望远镜,送给了英国皇家学会,至今还保存在那里。

决定天文望远镜性能的参数有很多,其中最重要的一项是口径,它决定了望远镜的集光能力。将望远镜的口径换算成毫米,除以人类眼睛瞳孔的最大直径,所得的数值再平方,即为望远镜的集光能力。集光能力越大,就能看到越暗的星体。所以为了追求更强的集光能力,天文学家制造的望远镜越来越大。伽利略和牛顿磨制的望远镜口径只有50毫米左右,到了18世纪中期查尔斯·梅西耶搜寻彗星所用的设备也只是一架100毫米的折射镜。

到了1787年,英国天文学家威廉·赫歇尔制成了当时世界上最大的反射镜,口径达到了惊人的1200毫米,主焦距12米,

■ 位于加利福尼亚的胡克望远镜，口径为2.54米（100英尺）

整个望远镜足有三层楼高。他用这架当时世界上最大的望远镜发现了很多卫星，例如土卫二。

这之后一些天文学家还制造了更大口径的天文望远镜，比如1917年制造的位于加利福尼亚的胡克望远镜，口径为2.54米。在此后的30年里，胡克望远镜一直都是世界上最大的望远镜。科学家在胡克望远镜制成之后，又对其进行了一系列的升级改造，安装了干涉仪，这是光学干涉装置首次在天文学上的应用。科学家埃德温·哈勃用胡克望远镜完成了关键计算，确定许多所谓的观测到的"星云"其实是银河系外的星系，并且在米尔顿·赫马森的帮助下认识到了星系的红移，认为宇宙在膨胀。

现代望远镜的发展

可见光波段的望远镜口径越造越大,但也有个麻烦,由于各种材料的限制,地面上的可见光波段的光学天文望远镜终究会出现一个极限。随着科技的发展,无论是反射式还是折射式,天文望远镜进入20世纪之后有了各种各样的发展,比如多镜面望远镜,比如使用了拼接技术的望远镜。但这些仍有各自的局限性。地球表面因为大气扰动和天气的原因,不能让科学家随心所欲地进行观测。所以,20世纪50年代之后,科学家把视野放在了太空,那里重力微弱,可以制造出更大的望远镜,也就有了著名的哈勃太空望远镜。

传统类型的望远镜一直都是用"眼"看的,无论是在高山之上,还是在南极的冰架之巅,无一例外。在反射和折射望远镜不断发展的同时,另一种可以用"耳朵"听的巨大望远镜——射电

■ "中国天眼"500米口径球面射电望远镜(FAST),位于贵州省平塘县

望远镜——出现了。

前边我们提到的各种望远镜,基本原理都是将通过各种透镜的光汇聚起来成像,如果想要看得更远更清晰,就需要更大口径的望远镜,但是制作更大的口径就意味着技术上要不停地升级,费用上也是成倍增加,射电望远镜的发明在一定程度上解决了这一问题。

科学家们认识到光也是一种电磁波,我们收集那些穿越了亿万光年来到地球的星光,再把这些电磁波还原成图像,这就是射电望远镜的主要工作原理。与一般的使用透镜的望远镜不同,射电望远镜的造型迥异。各位朋友应该都见过卫星天线,就是比较像锅一样的东西。因为射电望远镜主要收集的是电磁波,用的也就是这种锅,不同的是穿越无尽星空到达地球上的星光太过微弱,于是我们需要的"锅"也就比较大。

射电望远镜在诞生初期也遇到了各种各样的问题,后来相继得到解决,甚至有科学家因为射电望远镜还拿过诺贝尔物理学奖。1962年,英国剑桥大学卡文迪许实验室的马丁·赖尔(Martin Ryle)利用干涉的原理,发明了综合孔径射电望远镜,大大提高了射电望远镜的分辨率。其基本原理是:用相隔两地的两架射电望远镜接收同一天体的无线电波,两束波进行干涉,其等效分辨率最高可以等同于一架口径相当于两地之间距离的单口径射电望远镜。赖尔凭借此项发明于1974年获得了诺贝尔物理学奖。

时间来到20世纪50年代,连续两次世界大战后,世界得到了喘息的机会,新的战争以冷战的方式降临了。两个超级大国之间的较量,催生出了人类逃离地球的更多方式,比如人造卫星、太空飞船以及阿波罗登月。

三、从地球到月球

很多人读过儒勒·凡尔纳于1865年写的科幻小说《从地球到月球》,但很少有人知道鲁迅先生曾经在1903年翻译过这本小说。在那个年代,有不少文人志士希望通过翻译国外科学小说来启迪当时的年轻人。但现在看来凡尔纳这部小说就有点不那么严谨。

小说讲述了在美国的"内战时代",巴尔的摩大炮俱乐部的主席巴比康和其竞争对手、费城的铠甲制造商尼切尔船长以及一个法国人迈克尔乘坐一枚由巨大大炮发射的中空的炮弹飞向月球的故事。

如果你读过这个故事,就会发现它确实是19世纪的小说,充满了浪漫主义色彩。压根儿就没过多地考虑地心引力,更"侮辱"了第一宇宙速度。在地球重力条件下,仅仅靠一门大炮是无法将一堆人和飞船直接送上月球的。但这故事启发了一些科学家,他们开始研究星际飞行。

■《从地球到月球》初版封面

1929年,斯洛文尼亚的一位官员第一个想象出完整的太空站,出版了著作《太空旅游问题》。15年后,德国制造的V-2火箭成了第一个进入太空的人造物。自此,人类"逃离"地球的历史正式拉开了序幕。

在"冷战"时期,被催生出来的"太空竞赛"极大地推动了人类进入太空的速度。

太空竞赛

第二次世界大战之后,世界格局发生了重大变化,美苏阵营逐渐形成,世界几乎被分成两半。德国的一些优秀科学家、导弹学家也没有逃脱被美苏两国"瓜分"的命运,而太空竞赛则被认为是导弹技术竞争的另一个战场，太空竞赛也始于此。

1957年10月，世界上第一颗人造卫星斯普特尼克1号成功发射升空，这是苏联在太空竞赛中获得的第一个胜利。1958年，苏联发射了一颗载有一只狗的卫星——斯普特尼克3号。这颗卫星上携带了大量的科学仪器，收集了包括外大气的压力和组成、电粒子的浓度、宇宙射线中的光子、宇宙射线的重核、磁场、静电场及流星颗粒的资料。至此苏联将美国远远甩在后边。

这一进步，就跟小说《剪纸》中科学家发现高纬度空间的意义相似，撞开了新世界的大门。（"高纬度空间"在稍后的解读中会详细科普）

听闻苏联的人造卫星顺利升空之后，美国上下一片哗然，民众不干了！对本国的技术能力、教育水平，甚至于政治制度都提出了疑问，更有人将此比作新的"珍珠港事件"。时任美国总统的艾森豪威尔的支持率也因此从1957年1月份的79%降低到11月份的57%，下降了足足22个百分点。为了恢复国民信心，艾森豪威尔政府开始加速推进发射人造卫星的进程，终于在1958年1月31日美国东部时间晚上10:55，将探险者1号发射升空。这颗卫星搭载了一台用于探测环绕地球射线的盖革计数器，由爱荷华大学物理学家范·艾伦（James A. Van Allen）设计。仪器传回的数据证明了地球外围磁力带的存在，这条磁力带因此被称为范·艾伦辐射带。至此，美国也正式进入了太空时代。

美国虽然已经发射了人造卫星，但在这场太空竞赛中仍然处于下风，民众依然心有不甘。随着太空竞赛的升级，美苏两国逐渐加大了投入。1959年1月2日，苏联发射了世界上第一颗绕太阳飞行的人造卫星梦想1号（Lunik Ⅰ）；9月12日，苏联发射了月球卫星梦想2号（Lunik Ⅱ），并于第二天到达月球，拍到了

■ 人类第一颗人造卫星——斯普特尼克1号外观图,它就像是一个长着辫子的金属球

第一张清晰的月球背面的照片。苏联通过这两次发射将身后的美国甩得更远了。

此时的美国被压得喘不过气来,为了在太空竞赛中扳回一局,1959年12月17日,美国航天局将拟订的一份编号为NSC5918的报告提交给国家安全委员会。以这份太空总体计划报告的提交为开端,美国的外太空科学研究才算真正展开。一直到艾森豪威尔离任前,美国成功发射了31颗人造卫星,5个空间探测器。艾森豪威尔离任后,继任的几任总统的太空计划仍按照艾森豪威尔政府制定的框架进行,保证了连续性,包括此后的阿波罗登月计划和先驱者计划。

读到这里,各位朋友不禁要问,以前是冷战时期太空竞赛的原因使人类想"离开"地球,现在或者将来有什么理由离开呢?地球不好吗?

"逃离"地球的理由可以有很多,比如环境恶化,太阳出了问题,等等。2019年初的电影《流浪地球》甚至把地球都"开"出了太阳系啊。但环境恶化只有逃离地球一条路吗?不,也许基因技术也可以帮助我们。小说《阿尔吉侬的启示录》给了我们一种延续人类文明的办法,只是要用到老鼠和基因技术。科幻小说不仅仅能预见未来,还应该给现代人类一些警示,这篇小说的确有这样的作用。

载人航天计划

自从狗上了太空,美苏两国都开始着手进行载人航天的计划。历史上首次载人航天任务由联盟计划的东方1号飞船执行,于1961年4月发射。苏联宇航员尤里·加加林在环绕地球轨道一圈后安全返回地球,成为第一个进入太空的人类。

同年5月,谢泼德则成为第一个进入太空的美国宇航员,自由7号飞船在太空停留了至少15分钟。

又过了两年,苏联把世界上第一位女性宇航员送进了太空,宇航员瓦连京娜·捷列什科娃乘坐东方6号飞船完成任务。

近年来,中国也启动了载人航天计划,2003年神舟五号的宇航员杨利伟,成功环绕地球五十圈,安全返回。

各国有了自己的第一次,对太空探索的争夺变得白热化,从有没有，发展到开始争夺各种之最。例如，1966年，美国的双子星11号飞船创造了最高地球轨道记录，飞行高度达到了1 374千米。但也仅仅限于地球轨道附近的飞行，距离真正"逃离"地球还很遥远。

实现了载人航天之后，按照苏联的计划，应该从卫星到载人航天，再发展空间站，最后才是登月。从科学角度看，这样的进程也符合技术上的发展。但美国在载人航天计划被苏联甩开之后，被民众们吐了槽，总统和国会压力很大，为了缓解这些压力，最终提出了更激进的计划——直接登月，这才有了阿波罗计划。

对此，苏联也没有往后缩。

按照苏联的计划，早在1962年已经开始设计开发新的质子火箭实现载人绕月和登月。1964年，苏联的载人登月计划被批准，计划于1967年实现载人绕月飞行，1968年实现登月并返回（美国人登月成功的前一年）。但由于内部的争斗，以及主要设计师的病逝，特别是研制用于登月的N-1火箭改进型在测试时出现了问题——1969年7月3日，首次测试的N-1火箭升空55秒后爆炸，之后的三次实验也都以失败告终。最终1971年在美国人成功登月2年多后，苏联的登月计划被取消了。

如果此时有更高等级的文明监视地球的话，大概会被这一时期的太空竞赛弄迷糊吧。大家齐心协力不更好吗？在飞向太空的征途中，合作是最好的选择。本选集中也有关于更高等级文明的科幻小说，例如《没有敌人的战争》和《二次降临》，在前者的故事里，更高等级的文明是来帮助地球人提升等级的，但由于人类的贪婪，地球人遭遇了最大的危机；后者里的高等级文明干脆把地球当作了一个"养殖场"，也是一篇比较有新意的有关高等级文明的科幻小说。

阿波罗计划

阿波罗登月计划其实与先驱者大计划有段时间是平行的，同时在进行，但目的是不同的。

这个计划始于1961年，终止于1972年。在20世纪60年代的十年中，美国航天航空局（NASA）主要制订和完成载人登陆月球和返回地球的目标的计划。

被苏联在载人航天领域甩开之后，美国开始更激进，在苏联还在按部就班地走空间站的正常路线时，当时的美国总统艾森豪威尔于1960年提出了阿波罗计划，作为水星计划的后续计划。

因为水星计划使用的飞船只能进入地球轨道，而且只能载有一名宇航员，而阿波罗登月计划中至少需要搭载3名宇航员，所以飞船必须重新设计。但艾森豪威尔在提出计划之后并没有对登月表现出更多的热情，这一计划一度被搁置。

之后美国换了总统，同样没有更多关注登月计划，但因为当时加加林成功进入了太空，美国政府受到了空前的压力。1961年5月25日，美国总统肯尼迪在参众两院特别会议上宣布支持阿

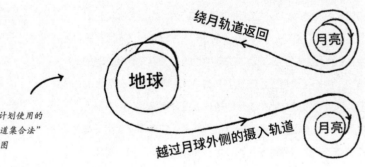

■阿波罗计划使用的"月球轨道集合法"过程示意图

波罗计划,这才拉开了人类"逃离"地球、登陆月球的序幕。

阿波罗计划从1961年5月开始,到1972年12月第六次登月成功结束,用了11年的时间,耗资220多亿美元,进行了17次阿波罗任务。阿波罗计划详细地揭示了月球表面特性、物质化学成分、光学特性并探测了月球重力、磁场、月震等,是人类"逃离"地球奋斗中非常重要的一步,至此人类初步拥有了移民其他星球的能力。

可惜的是,1972年年底之后,一直到2019年,40多年过去了,还未有其他载人航天器离开过地球轨道,进入绕月轨道,更别说登陆月球。最近几年,各国重新开启了对其他星球的探索计划,比如美国私人组织的一些航空计划中有探索月球的,还有载人登火星的。所有重启的探索计划,大概只有由官方组织的完成的可能性大一些,例如中国的载人航天计划和美国NASA重返月球计划等。

随着阿波罗登月计划的结束,人类"逃离"地球、载人登月的历史暂时告一段落,但发射探测太空飞船的脚步始终未停下过。

人类进入太空,需要太多的安全措施,实施起来比较"烧钱",在没有更多经济回报之前,各种官方组织都持谨慎的态度。但发射探测飞船相对便宜很多,所以这方面一直都未停止。甚至有些探测器离开地球之后,把目的地放在了太阳系之外,如今它们即将离开太阳系。

这些即将离开太阳系的探测飞船,带着人类的目光正在实现"逃离"地球的目标。

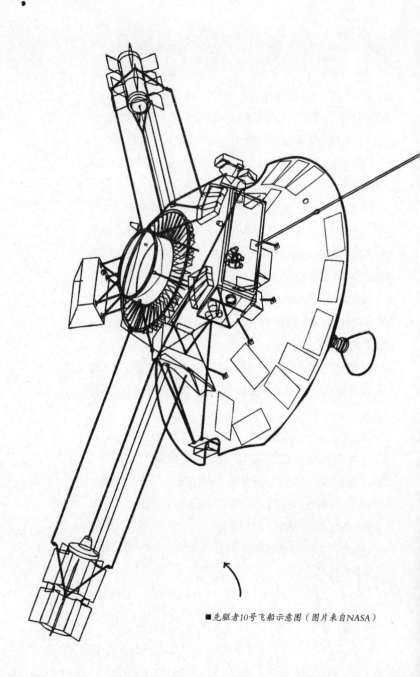

■先驱者10号飞船示意图（图片来自NASA）

四、即将离开太阳系的探测飞船们

先驱者计划

都有哪些探测器有可能或者正在飞出太阳系？

先驱者计划中就有两个，也是最著名的两个，分别是先驱者10号和11号，它们正在飞往太阳系之外。

这个计划还有一件趣事——起名经历了几次波折。当时在军方的一场发布会上，一个最初名为"带红外扫描设备的月球轨道器"的航天器被提到，隶属于赖特·帕特森空军基地的斯蒂芬·A.萨利加（Stephen A. Saliga）则举手示意，他认为探测器的这个名字太长太土了，不能突出任务的主题，名字也一点不酷，这么逊的名字怎么对抗在太空竞赛中咄咄逼人的苏联呢！所以他建议用个"高大上"的词做计划的名字。选来选去，一群人最后定了"先驱"作为整个计划中首个航天器的名字。媒体愿意将军方包装成"太空先驱"宣传，死板的军方也觉得这名字不错，让美国成为真正的太空先驱者的确很有象征意义，尤其在美苏太空竞赛时期。

整个计划分成三个部分，分别是艾步尔太空探测器（1958～1960年）、朱诺二号月球探测器（1958～1959年）和后期先驱者计划（1965～1978年）。三个部分总共计划发射20个探测器。并不是有了听起来很帅气的名字整个计划就会万无一失，恰恰相反，计划的前期进展并不顺利，先驱者0、1、2号发射阶段失败，先驱者W号最终失踪，只有先驱者5号顺利进入了预定轨道，工作了106天。

先驱者3号、4号属于朱诺二号月球探测器，只有4号成功进入日心轨道，这也是美国首个成功脱离地球引力范围的月球探测器。

美国人的先驱者计划跌跌撞撞,一直到后期探测器的发射才逐渐稳定起来。后期计划中有一部分探测器是针对内侧行星的,分别为先驱者6、7、8、9、E号五个探测器。其中先驱者6号和9号定位在距太阳系0.8个天文单位的轨道上。7号和8号则定位于距离太阳1.1个天文单位轨道上。由于探测器们的轨道位于地球的两侧,所以可用于观测地球磁场以及太阳磁暴。

此后的计划还包括对金星的探测,分别发射了先驱者金星1号、2号,也就是先驱者12号和13号,两者都成功入轨,并发送回来了翔实的对金星的观测数据。

先驱者10号

先驱者计划中最为著名的探测器当属先驱者10号和11号。不仅仅因为这俩家伙顺利探访过木星、土星,也因为从这俩探测器开始携带标有人类信息的镀金铝板。

先驱者10号于1972年3月2日发射升空,自重258千克,非载人探测器,目的是研究小行星带、木星周围的环境,以及之后对太阳风、宇宙射线进行观测,最终目的是想知晓人类的探测器究竟能飞多远。因为先驱者10号飞船有可能飞出太阳系,所以科学家为此制作了一块镀金的铝板(在读过刘慈欣先生的《三体》系列小说之后,大多数读者都认为这是人类在作死啊)。铝板由著名的天文学家卡尔·萨根和德雷克博士设计。板上刻有一男一女的画像,以及太阳相对于银河系中心与14脉冲星的位置。

在这里笔者要推荐小说《诺亚号》,先驱者计划探访了太阳系内的行星,如果那时发现了适宜人类居住的行星,会怎么做呢？《诺亚号》中有这一问题的答案，不同的是，小说中发现的适宜居住的星球更遥远，人类已经失去了耐心和克制，最后的结局太令人意外！

书回正传，先驱者10号顺利升空后，隔年的11月开始向地球传输木星的图片、影片。500余张照片的分辨率虽然相对于现在的技术有些低，但在当时已经相当清晰，看到了许多在地球上观测不到的细节。1973年12月4日，先驱者10号在距离木星约20万千米的地方掠过木星，这也是它距离木星最近的时刻。

离开了木星之后，先驱者10号开始了飞出太阳系的漫漫征途，于1983年6月13日飞越海王星的轨道，当时的速度为每秒14千米左右。又过去了14年，先驱者10号的信号还在断断续续地传回地球，一直到2002年4月27日，地球方面接收到先驱者10号发来的最后一个有意义的遥测信号。2003年1月23日，科学家接收到先驱者10号最后一次发回的极其微弱的信号，距离地球约120亿千米，约合80个天文单位，之后我们失去了与先驱者10号的联络，它成了在宇宙流浪的孩子。

先驱者11号

先驱者10号发射一年后，先驱者11号也发射升空了，这是第二个用来研究木星和外太阳系的空间探测器，同时也是研究土星和其光环的第一个探测器。先驱者11号首先访问了木星，然后利用木星的引力将自己甩了出去，进而调整轨道飞向土星，最后抵达土星获得数据之后顺着逃离轨道离开太阳系。

先驱者11号于1974年12月4日抵达木星，相比先驱者10号距离木星更近一些，约34 000千米。先驱者11号离开木星又飞行了5年，于1979年9月1日接近土星，从距离土星21 000千米

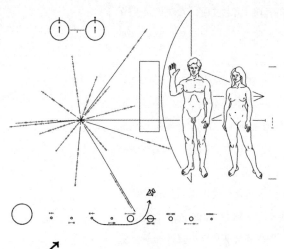

■ 先驱者10号、11号携带的镀金铝板上雕刻的图案（图片来自NASA）

的地方飞过，并穿越土星的光环。先驱者11号还带着一个特别的任务——为旅行者号探测器探路，测试飞越土星光环是否会损坏探测器。此时的旅行者1号和2号已经发射，正在飞越木星，朝土星而来。假设土星的光环的确会损坏探测器，旅行者号会改变轨道避开光环，失去飞往天王星、海王星的机会。

既然先驱者10号带着刻有人类信息的镀金铝板，11号有吗？当然，这是先驱者后期序列的标配。

先驱者11号的电池在1985年2月开始过度衰减，又运行了10年。1995年9月30日，地球方面收到了由探测器发来的最后一份遥测数据，之后所有仪器都停止了运作，此时它距离地球约44.7个天文单位，并以每秒12千米的速度继续飞往太阳系之外。

先驱者计划除了金星计划之外还有一颗探测器，但未发射。至此，先驱者计划发射探测器的历史结束。有趣的是，先驱者11号朝向银河系的中心（以下简称银心）飞行，10号则是向着背离银心的方向。按照现在的飞行方向，先驱者11号是朝向盾牌座，而10号则是飞向金牛座。如果一路上顺利，先驱者10号会最终飞抵金牛座双星，大家猜一猜，这段旅程要多久？

我们刚认识了先驱者10号和11号探测器，其实截至目前，有可能飞出太阳系的人造探测器有五个。除了刚刚提到的两个之外，还有著名的旅行者1号、旅行者2号和21世纪后才发射的新视野号。太空竞赛中，美国顺利登陆月球之后有了更大的野心，想要去探索太阳系的外行星，也就是木星、土星、天王星和海王星（冥王星后来被取消了行星资格）。下面就来聊一聊旅行者计划以及两个探测器的现状，它们飞出太阳系了吗？

行星之旅计划

早在20世纪60年代，一直被另一个超级大国压着的NASA就已经提出过探测外行星的计划，取名为行星之旅计划（Planetary Grand Tour）。此计划的大致内容为，发射一到两个探测器按照一定的轨道和顺序飞越、探测所有的外行星。原本计划于20世纪70年代进行，但因为先驱者10号、11号搜集到的资料让科学家对木星磁场有了更多的了解，除了对木星观测有帮助之外，对科学家设计更先进的探测器也有更大的帮助。但成也萧何败也萧何，科学家研究先驱者10号传回的详细的资料后设计的飞船更加复杂，预算过高，计划被取消了！真是令人哭笑不得啊。

水手号计划

光看名字，这跟旅行者1号、2号没什么关系啊？但水手号计划却是旅行者1号、2号绕不开的一个计划序列，因为这俩探测器改名之前叫作水手11号和12号。

水手号计划曾被称为美国影响最大的太空探测计划，总共发射了10个探测器，并成功对内行星水星、金星以及火星进行了飞越和探索。可算下来，这并不比先驱者计划的飞行器更多啊？

探测器名称	发射日期	目的地	发射情况
水手1号	1962年7月22日	金星	没能进入金星轨道,失败。
水手2号	1962年8月27日	金星	1963年2月14日在距金星34 800km处飞过,测定金星气温。
水手3号	1964年11月5日	火星	发射失败。
水手4号	1964年11月28日	火星	1965年7月14日在距火星9 200km处通过,对火星做电视摄影,做大气观测。
水手5号	1967年6月14日	金星	1967年10月19日在距金星3 900km处通过,测定金星气温。
水手6号	1969年2月24日	火星	1969年7月31日在距火星3 400km处通过,拍摄照片,做大气观测。
水手7号	1969年3月27日	火星	1969年8月4日在距火星3 500km处通过,拍摄126幅照片,做大气观测。
水手8号	1971年5月8日	火星	发射失败。
水手9号	1971年5月30日	火星	1971年11月13日成为火星的人造卫星。
水手10号	1973年11月3日	金星、水星	1974年2月5日在距金星约5 760km处通过,对金星云做电视摄影,然后向水星前进。

表1 水手号计划10个探测器一览

水手号计划始于1962年——旅行者计划的间歇期,虽然只有10个探测器,但后续的旅行者1号和2号原本是水手11号和12号,之后的火星探测器海盗1号和海盗2号则是放大版的水手9号。此外,基于水手号设计的探测器还有探索金星的麦哲伦号和飞向木星的伽利略号。第二代水手号飞船则最终改了设计,变成了著名的卡西尼-惠更斯号,我们熟悉的新视野号虽然属于简化版的先驱者10号、11号序列,但三轴稳定器和通信碟形天线则来自水手号设计方案。水手号计划由于积累了之前的探测器的经验,大多数探测器都顺利完成任务——7个成功3个失败,中后期衍生出来的探测器也都成功了,例如旅行者1号、2号和新视野号,这三个探测器至今都在运行,正在或者即将飞出太阳系。所以称水手号计划是美国影响最大的探测计划并不过分。

旅行者计划

原本的行星之旅计划因为预算太高被取消了,这之后NASA的科学家仍然不甘心,非常想探索木星和土星,于是换了个名字制订了木星-土星水手计划,实际为行星之旅计划的缩减版。再加上1977年地球的公转轨道正处于175年一遇的绝佳节点,此计划便更如虎添翼。在这一年,木星、土星、天王星、海王星会形成一个特定的排列,假使在这个节点发射探测器,并不需要携带大量的燃料,只需要适当地调整轨道,就能利用此时各颗行星的引力弹弓效应,既能探访这四颗行星,又可以在访问结束后利用引力场把自己甩出去,从而获得更快的速度飞向太阳系之外。按照当时的设计,探测器飞往海王星需要30年,而如果抓住这个节点,探测器被弹出去之后只需要12年的时间便可抵达。因此科学家开始兴致勃勃地准备发射计划,在之后的设计中因为探测器预计探索范围远超水手号计划,所以NASA的科学家们很任性地新开辟出了一个计划,取了个新名字——旅行者计划。

旅行者计划为了保证成功率,准备了两个探测器,分别是旅行者1号和2号。

一般太空探测器按照序列号发射,但旅行者计划中先发射的是2号,是不是很奇怪?事实上旅行者1号发射之前发现了故障,推迟到1977年9月5日发射,比旅行者2号晚了两周。不过也正是因为发射晚,旅行者1号因祸得福成了人类历史上所有已经发射了的航天器中最快的探测器。

那个时代NASA的经费非常充足,每个探测任务几乎都有个备用的探测器,旅行者2号也是如此。起初,两个探测器的目的地是木星和土星,在经过土星的时候甩出轨道飞往天王星和海王星。旅行者2号最终执行了这个计划,旅行者1号则被更改了计划。

虽然落后旅行者2号两周才发射,但因为1号修正了轨道,进入了更短的轨道中,所以它比先行发射的旅行者2号更早到达木星。1977年12月,旅行者1号就赶上旅行者2号,并在两年后抵达木星系统,以史上距木星中心最近的距离,开启了比先驱号携带的更先进的相机,开始了对木星卫星、木星环、磁场以及辐射带的"拍拍拍"之旅。在对木星表层大气和卫星系统观测之后,旅行者1号踏上了飞往土星的征程。

借助木星的引力抛射,1980年11月,旅行者1号抵达土星区域,又开始对土星"拍拍拍",传回了大量的图片和一些关键数据,同时还发现土卫六拥有稠密的大气层。因此,科学家决定让旅行者1号改变轨道,以更靠近土卫六进行观测研究。轨道更改之后,就必须放弃对天王星和海王星的探访,这项任务交给了备用探测器旅行者2号。也正因为旅行者1号的轨道从发射之初

■ 旅行者1号从地球上发射后的轨迹

1985年　1983年
1984年
　　1982年　1981年　1980年　1979年　1978年

类探月简史

，托马斯·哈里奥特完成了首张月球地图的绘制

，伽利略·伽利莱公布了他对月球的科学观测

，苏联发射人类第一颗人造卫星

3月31日，苏联发射第一颗人造月球卫星

7月20日，尼尔·奥尔登·阿姆斯特朗踏上月球

11月，苏联"月球17号"探测器着陆成功，这是人类航天史上第一辆月球车

9月27日，欧洲成功发射了它的第一颗月球探测器——"Smart-1"，标志着欧活动正式开始

9月3日，处于寿命末期的"Smart-1"号成功击中月球表面预定位置

12月4日，美国宇航局对外公布"重返月球"计划

9月14日，日本"月亮女神"绕月探测卫星终于发射成功

10月24日，中国发射"嫦娥一号"卫星

月6日，日本首次成功拍摄到了"满地球"高清晰度图像

NASA成立了月球科学研究所

2月14日，中国"玉兔号"成功软着陆于月球雨海西北部

"嫦娥四号"造访了人类未知的"神秘地带"——月球背面

涨潮的月球照片（图片来自Achtuv）

月球是地球唯一的天然卫星，年龄大约有46亿年。月球其体积是地球的1/4，大约是1/400，月球到地球的距离是地球到太阳的距离的1/400。月球的体积只有地球的1/49，但是地球对地球的重力是1/80左右，月球表面的重力约是地球的1/6。月球着第一个有人——个人类到达过除其它地球外的星球。

的改变，加上后续几次临时变道，使得它获得了人类太空飞行器迄今为止最快的速度，截至笔者落笔，旅行者1号的速度保持在每秒16.980千米，这足以保证它飞出太阳系。

先发后至的旅行者2号于1979年7月9日安全抵达木星的观测区域，在距离木星57万千米处掠过，发现了环绕木星的几个环，拍摄了木星卫星伊奥的一些照片，并发现其表面可能有火山活动。

离开木星后，旅行者2号比旅行者1号晚了将近9个月抵达第二个目的地土星。它探测了土星的大气层上部，并对土星北极进行了详细的观测，发现北极的温度会更冷，呈季节性变化。离开土星之后，忠厚老实的旅行者2号还是出现了一些问题，相机因为润滑油所剩无几卡住了，顺利解决之后，继续向着原来的目标天王星和海王星进发。

旅行者2号于1986年1月到达天王星观测区域，发现了10个之前从未发现的卫星，观测到了9个已知的天王星环，距天王星大气表层最近仅81 500千米。探测器还对天王星的辐射带和磁场进行了研究，取得了第一手的数据，为科学家研究天王星立下了汗马功劳。

1989年8月，旅行者2号终于抵达了最后一个探测目标——海王星的观测区域。因为这是旅行者2号最后的一个观测任务，科学家决定奢侈一把，微调了它的运行轨道，以便靠海王星近一些。这个操作和旅行者1号访问土卫六如出一辙。旅行者2号除了发现海王星的大黑斑之外，还给海王星各个卫星拍摄了照片并传回了地球。截至1989年，人类的探测器已经对太阳系内的八大行星都进行了探测——除了后来被开除出行星队伍的冥王星，这个遗憾以后会由新视野号来弥补。

旅行者号后续任务

旅行者1号、2号与其他探测器的命运有着明显的区别,它们并没有一头撞向目标星球,而是继续向太阳系之外飞去,去探访太阳系的边界。这两个探测器,各自携带了一块升级的板子——镀金的唱盘。与旅行者号携带的镀金铝板不同,金唱盘携带的人类信息更加丰富,除了刻有太阳系相对于14颗脉冲星的位置之外,还收藏了一些地球文明的代表文化、风景、语言和各种声音,包括普通话和粤语。

笔者每次看到关于金唱盘的描述时,都会不禁想,倘若有一天人类有能力建造巨大的太空飞船,携带的不是金唱盘,而是一船人类飞向太阳系之外,会是一种什么样的情形呢?小说《寄生物》回答了这个问题,而且答案相当令人意外。看完这篇小说后,笔者觉得,人类现有的身体还真的不太适应长时间的太空中飞行啊,或许改造下才有更多的机会。

先驱者10号最终会飞往金牛座的双星,将在200万年后抵达。那么旅行者1号、2号离开太阳系后最终会飞往哪个星球呢?这两个探测器的飞行方向与先驱者11号的飞行方向基本相同,都是朝向银心。目前,只有先驱者10号孤零零地朝和银心相反的方向飞去。

人类历史上首次一次性访问木星、土星、天王星、海王星的探测器只有旅行者2号。但无论是先驱者10号、11号,还是旅行者1号、2号,均未访问过冥王星。这是由于冥王星距离太阳和地球非常遥远,探测器需要飞越大范围的宇宙空间才能最终抵达,加上在那里阳光已经非常微弱,寒冷而阴暗的宇宙环境对探测器的电器元件也是一种考验,所以对冥王星的探测起步比较晚。

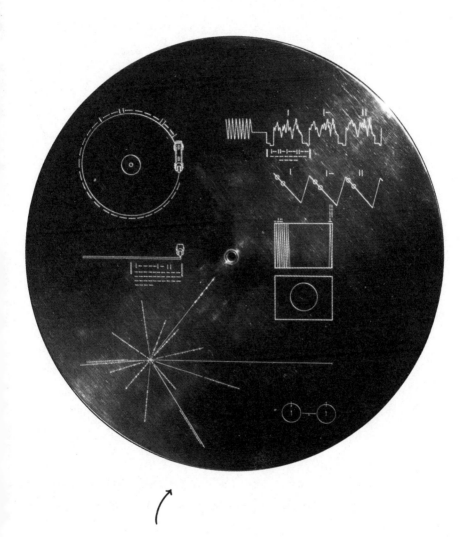

■旅行者号携带的金唱片（图片来自NASA）

冥王星——柯伊伯带快车

随着旅行者1号、2号相继关闭了系统或者干脆停止了运行，科学家们坐不住了，冥王星都还没探测过怎么能行呢！于是NASA的科学家们在20世纪90年代末，制订了一个名为"冥王星——柯伊伯带快车"的探测计划，不过还是因为老问题——经费超支，这个计划被取消了。

又过了一段时日，经过科学家们无数次的提议和抗议，NASA最终还是做出了妥协，于2000年12月20日宣布重新论证探测冥王星的计划，但提出了更为苛刻的要求：首先预算要在5亿美元内，其次这个探测器必须在2015年前抵达冥王星。一年后，科学家做到了。探测器被命名为新视野号，初定于2006年前后发射。探测冥王星以及太阳系外围的时代来临了。更重要的是这个探测器将以史无前例的速度飞向目的地，穿越柯伊伯带，最终离开太阳系。

新视野号

新视野号于2006年1月19日在卡纳维拉尔角发射升空，与其他飞行器不同的是，它直接进入了地球和太阳逃逸轨道，在最终关闭引擎之后的速度为每秒16.26千米，这是历史上人类探测器离开地球时最快的发射速度。

新视野号至少带着两个主要科学目标飞向太空。

第一，近距离飞越冥王星和其已知的5颗卫星，以进行科学研究和观测。虽然人类历史上最强大的太空望远镜哈勃并没有发现冥王星有环带系统和新的卫星，但由于距离太阳太过遥远，冥王星看上去太过暗弱，在遥远的地球上观测很难有进一步发现。

第二，考察太阳系外围柯伊伯带的其他天体。柯伊伯带是在太阳系形成之初就存在的系统，对此展开研究有助于科学家理解太阳系的起源。新视野号的首席科学家艾伦·斯特恩认为去柯伊伯带研究就好像在发掘遗迹、考古太阳系一般，由此可见，这次的探索计划意义十分重大。

其实也存在第三个科学目标，与旅行者1号、2号的目的类似——去太阳系之外瞧一瞧。因为要在10年内抵达冥王星，需要跨越将近50亿千米的距离，所以起飞速度很高，这也带来了另一个麻烦：倘若新视野号想进入冥王星环绕轨道，进行超近距离的观测，就需要降速90%，耗费的燃料要比现在多出1 000倍左右。而且由于携带的燃料很少，一旦进入轨道就再也无法离开，也就无法去实现第二个科学目标——探访柯伊伯带的小行星，所以新视野号将尽可能保持超高速度向太阳系之外冲去。

新视野号探测器于2015年7月14日（格林威治时间）抵达冥王星观测区域，成为人类第一颗"近距离"探索冥王星的航天器。探测器特别携带的冥王星发现人克莱德·威廉·汤博（Clyde William Tombaugh）的部分骨灰也终于来到了这里。

探测器"很快"传回了以前所未有的距离和视角拍下的冥王星和其卫星的清晰照片。新视野号传回的巨量数据仍需要科学家们花费大量的时间来解析研究，也许在不远的将来会带来更多的惊喜。

■ 新视野号计划标志
（图片来自NASA）

■冥王星是柯伊伯带的一颗矮行星。1930年2月18日首次被发现，因为它距离地球太远，一直隐藏在黑暗中，与人们想象中幽暗空寂的冥界相似，所以被叫作冥王星。冥王星相对很小，仅有月球质量的六分之一、月球体积的三分之一，公转周期为248年。
原本冥王星也被算作太阳系的行星之一，只是2016年被取消了行星资格。其实自从冥王星被划分为行星的那天起，他的身份就一直充满争议。国际上对行星的定义还是比较清晰的：自身不发光，环绕着恒星旋转；形状似于圆球状；质量要足够的大，能清理轨道附近区域；公转轨道范围内不能有比它更大的天体等。而冥王星太小，且公转轨道跟海王星交会，所以被取消了行星资格（新视野号2015年7月14日拍摄的冥王星，图片来自NASA）

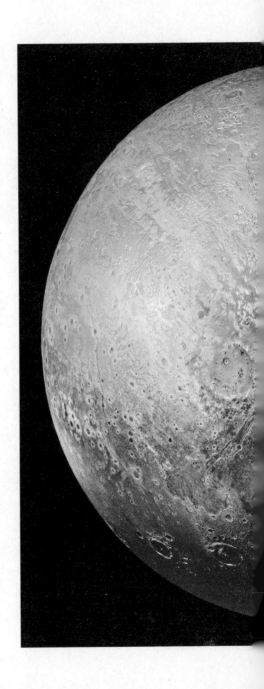

新视野号现状

在结束了对冥王星的探访之后,新视野号开始进入间隔冬眠期,自2017年12月21日以来,它一直处于冬眠状态。2018年6月4日,新视野号正式结束165天的冬眠苏醒,所有系统恢复运行,探测器状态良好,并在8月开始执行之前定下的探索"极北之地"的任务。"极北之地"距离冥王星16亿千米,是位于柯伊伯带的一个天体,此后新视野号一直保持活跃,直到2020年年底。这之后会经过几轮休眠,它所携带的核能电池将支撑整体构架工作到2038年前后。如果一切顺利的话,那时新视野号将距离太阳100个天文单位。

这里笔者再推荐一篇小说《给安娜的信》,太空旅行中的时间和空间是普通人无法感受到的。根据爱因斯坦的相对论,越靠近光速旅行时间过得越慢,这会给旅人和其家人造成什么样的困扰呢?来读读这篇小说吧。

即将飞出太阳系的探测器

提起冬眠,虽然旅行者1号和2号的一些仪器已经永远停止了工作,但系统的能源供给还在继续,它们时不时会从冬眠中苏醒。例如,1980年旅行者1号离开土星之后,为了节省能源,NASA关闭了它的摄像头,直到1990年的情人节,科学家重新开启了相机,让它回头给太阳系拍了一张全家福。但由于距离太远和角度问题,金星和水星未能成像。

截至目前,最有可能飞出太阳系的五个探测器都介绍完毕,分别是先驱者10号、11号,旅行者1号、2号和新视野号。其中新视野号目前正朝人马座方向飞行,按照既定计划完成所有探测任务之后,会不会改变轨道,飞出太阳系之后遇到的第一个恒星系是哪一个，只有在任务结束之后才会知晓了。

这五个有可能飞出太阳系的探测器，只有先驱者10号是背离银心方向，其他四个基本都是朝向银心方向飞行，只是角度不同。

先驱者10号朝向金牛座方向飞行。

先驱者11号朝向盾牌座方向飞行。

旅行者2号朝向孔雀座方向飞行。

旅行者1号朝向蛇夫座方向飞行。

新视野号朝向人马座方向飞行。

目前飞行距离最远的是旅行者1号，截至2018年7月10日，距地球141.926个天文单位，相对太阳的速度为每秒16.980千米，每年飞行3.582个天文单位。同时它也是目前速度最快的飞行器，原本发射速度最快的新视野号因为各种原因速度已经下降到每秒14.122千米。

假设旅行者1号按照现在的速度飞行，不与任何星体碰撞，在不改变轨道的状态下，新视野号永远都不可能追上它。当新视野号飞过与现在的旅行者1号相同的距离时，速度可能会降到每秒13千米左右。这与当时旅行者1号选择的发射窗口有关系，毕竟175年一遇的引力弹弓并不只是说着玩儿呢。

截至2018年7月，其他几个探测器同地球的距离和速度分别为：

先驱者10号距离地球122.268个天文单位，速度为每秒11.953千米；

先驱者11号距离地球99.156个天文单位，速度为每秒11.252千米；

旅行者2号距离地球117.134个天文单位，速度为每秒15.345

千米;

新视野号距离地球40.832个天文单位,速度为每秒14.122千米。

旅行者1号距离地球将近142个天文单位,这有多远呢? 21 243 200 000千米。一般国内的高速公路的限速为每小时120千米,走完旅行者1号走过的路程需要177 026 667个小时,换算成天为7 376 111天,换算成年为20 209年。旅行者1号用了40多年的时间走完了我们开车走两万多年的距离,已经非常强大了! 但对于宇宙,甚至对于最近的比邻星来说,这点距离只是洒洒水小意思。

这么遥远的地方,对于没速度、寿命相对短暂的人类来说,太困难了。这还只是太阳系。

旅行者1号预计在300年内抵达理论中的奥尔特云,这是科学家预测中的一个围绕太阳系、主要由冰微行星组成的球体云

■ 先驱者号、旅行者号、新视野号飞行方向
先驱者10号(P10)
先驱者11号(P11)
旅行者1号(V1)
旅行者2号(V2)
新视野号(NH)

黄道平面正上方俯视图

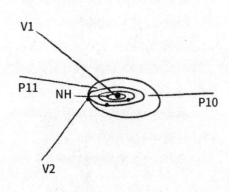

黄道平面上方10°视图

团，距离太阳最近为2 000~5 000个天文单位，最远约为10万个天文单位（约两光年），约为太阳系到比邻星距离的一半。旅行者1号完全通过奥尔特云需要3万多年的时间，抵达4.2光年之外的比邻星需要7万年。但旅行者1号并不会去往比邻星。

倘若旅行者1号始终以现在的方向飞行，在4万年内不会遇到任何一颗恒星，但会在4万年之后以1.6光年的距离通过目前在鹿豹座的恒星格利泽445——这是一颗奇怪的恒星，正在以每秒119千米的速度向太阳系的方向移动。

有没有可能获得其他的手段或者捷径，到达这些遥远的地方呢？小说《无限宇宙》给出了自己的答案，这篇小说中的多重宇宙虽然只是一个科学猜想，但也为我们提供了离开地球的另一种思路。在后续的解读中，笔者会详细解释怎样跨越数万光年的距离。

旅行者2号以每年3.2个天文单位的速度离开太阳系，与黄道平面成48度角向南，朝孔雀座方向飞去，与旅行者1号的方向相反。大约也在4万年后，旅行者2号会抵达距离名为ROSS248的恒星1.7光年的位置，这颗红矮星位于仙女座。

正如旅行者计划的团队所说："旅行者注定，也许永远，会漫游在银河系中。"

前些年有媒体曾报道，旅行者1号已经飞出了太阳系，进入了真正的星际空间，有媒体立刻反驳了这一观点。究竟谁对谁错呢？旅行者计划和先驱者计划都携带了地球的问候铝板或者金唱盘，新视野号有没有呢？有的人造物比旅行者1号飞得更远，会是什么呢？这些问题的答案都将出现在下一节。

它们现在在哪里

2013年9月13日,有国内媒体报道:美国宇航局已经确认旅行者1号冲出太阳系,正式进入星际空间,成为第一颗飞出太阳系的人造探测器。但没过几天,另外的媒体开始"辟谣":国内一些报道翻译有误,旅行者1号并未飞出太阳系。到底哪个报道才是正确的?新视野号有没有携带类似旅行者号的金唱盘?听说早已经有人类造物飞出了太阳系,是什么呢?

飞出太阳系?

旅行者1号和2号究竟有没有飞出太阳系?产生这个争论的原因在于,科学家们对于太阳系的边界认知有不同。要解决这个争论,我们得先弄明白几个名词。

太阳风在星际介质内(主要是来自银河系的氢和氦气体)吹出的气泡称为太阳圈。它的边缘是一个磁性气泡,远远超出冥王星轨道之外。一些科学家认为太阳圈是太阳所能支配的太空区域,这个圈外就是太阳系外了。

太阳风中超高速的等离子充斥着整个太阳系,通俗来说气泡范围内就是太阳风的势力范围。当太阳风中的带电粒子穿越大范围的宇宙空间,开始与来自其他星系的星际物质交锋,相互作用时,速度开始减慢,最终完全停滞,这个区域叫作日球层顶,也就是太阳风层顶。

在日球层顶最内一侧称为终端激波,是太阳风中的粒子因为星际介质从超音速状态减低到亚音速的区域。在终端激波和日球层顶中间的区域就是日鞘,它就好像三明治一般被夹在中间。

NASA的官网资料显示,2004年12月,旅行者1号上的低能粒子仪器检测到太阳风突然减速,这一迹象意味着它开始进入终端激波区域，已经来到太阳圈的边界。2012年7月开始，旅行者1号检测到太阳风的速度已经下降到基本为零，到了11月份，检测到周遭空间中质子的浓度上升了100倍，这符合科学家的预测，同时也说明，旅行者1号可能已经穿出太阳圈，进入星际空间了。正是这个原因，有些媒体开始报道，旅行者1号于2012年8月15日前后穿越日球层顶进入星际空间，旅行者2号则会在未来数年内也穿出日球层顶。

穿出日球层顶就意味着离开太阳系了吗？学术圈中持有反对观点的科学家认为，这种说法并不贴切。原因有二：其一，太阳圈、日球层顶、终端激波、日鞘这些家伙是否存在还缺乏更多的

■太阳系

观测和数据支持，目前还停留在理论阶段，毕竟飞得如此之远的探测器目前只有两台，而且已经老态龙钟、超限工作时间已久，观测数据不一定可靠。其二，即使上面提到的家伙们真实存在，也并不等于飞出太阳系。如果按照太阳系的引力范围界定，太阳系边界应该在太阳系与比邻星中间的位置，距离我们2光年左右，以旅行者1号的速度，需要3万年左右，所以旅行者1号飞出太阳系还早着呢。

无论如何，旅行者1号可能已经穿出理论中的日球层顶，正在被更强烈的星际射线轰击着，这是人类目前飞得最遥远的探测器，但留给它的时间不多了。因为核电池即将耗尽的缘故，预计在2030年前后，科学家会关闭探测器上的主要科学设备，只留用于通信的电力——这最多还可以使它再运行几年，随后我们将最终失去旅行者1号的信号。

值得一提的是，先驱者10号是背离银心方向飞行，来自银河中的物质对太阳圈的压迫要小得多，所以太阳圈的范围更大，飞出太阳系则要更久之后了。

新视野号的金唱盘

先驱者10号、11号有镀金铝板，旅行者1号、2号有金唱盘，同样可能飞出太阳系的新视野号既没有铝板也没有金唱盘，差别为什么会这么大呢？其实这有多方面的原因。第一，碍于当时的技术，可以长时间存储信息的介质很少，加上探测器上的空间有限，每一千克发射负荷都需要精确计算，所以无论是镀金铝板还是金唱盘都已经压缩到极致。科学家还为金唱盘设计了特殊（奇葩）的解读方法，至于外星人看到能不能解读还是另外一回事儿呢。第二，金唱盘于1977年随旅行者1号、2号发射升空，也是因为发射的年代计算机存储技术刚起步，如果用当时的磁带或者纸带打孔的方式记录信息，探测器的体积就要大很多了。新视野号于2006年发射升空，当时的数据存储技术已经有了相当大的进步，可以把信息存在硬盘或者内存上。第三，当时新视野号做计划的时候被经费卡着脖子呢，并未考虑这一点。

新视野号最终会飞出太阳系，却没在太空中留下任何讯息，不是很可惜吗？带着这样的感慨，旅行者计划金唱盘设计总监乔恩·隆伯格（Jon Lomberg）决定推动"金唱盘2.0"计划，不同的是，这一次行动的主导方并不是NASA，而是民间力量。

按照乔恩·隆伯格的计划，"金唱盘2.0"将以数字形式于2020年发射至新视野号，简单来说就是发一段电波去新视野号，与旅行者号的金唱盘内容类似，向有可能存在的地外生命介绍地球。这个计划也称作"一个地球讯息"（One Earth Message）计划。数字金唱盘具体的内容则由投票选出——乔恩·隆伯格建立了一个网站，收集照片和材料，最后投票选出哪些材料会最终被发往新视野号。

新视野号的原始设计并未给数字金唱盘留存储空间，所以至少要等它将后续的探索计划完成，把相关观测数据传回地球，清理一些空间后，才可能有足够的空间接收数字金唱盘的内容。

虽然这次数字金唱盘计划并不由官方发起，但琼·隆伯格透露，NASA的官员和新视野号团队都曾表达过非正式支持，所以可能在2020年后，新视野号最终也会拥有自己的"金唱盘"，不过它是虚拟式的，至于地外生命怎么读取，笔者就不清楚了。

或许地外生命并不是我们想象的模样，也就更无法读取这些金唱盘了，例如高纬度的生命体是如何看到人类文明的呢？他们对人类文明的态度是什么样的呢？

在《感受》这篇小说里，人类文明在对待蚂蚁的同时，也被当作蚂蚁对待了。真是讽刺啊。

五、光速"逃离"地球时代

爱因斯坦著名的质能方程表示,一艘飞船想要达到近乎光速飞行,需要超级无穷大的能量配给才可以。但有没有可能直接以光的速度"逃离"地球呢?

当然可以,虽然人类本身做不到,但我们可以发消息,给可能存在的生命体发一条"图文微信"。电磁波的速度近乎等于光速,如此这些电波就可以带着我们的"口信"光速旅行了。

飞出太阳系的"人造物"

在各位朋友读本节内容时,距离地球最遥远的人造物不是旅行者1号,而是一段电波。

读过刘慈欣《三体》系列的朋友们肯定会认为,如此贸然地向太空发射大规模的电波是一种作死的行为。这就等于在宇宙中暴露了地球的坐标,有可能引来外星人地球争夺资源。但这种作死行为某些科学家在20世纪60年代起就开始做了,还做了不止一次。早在几十年前,一些人类就开始试图给潜在的外星人发射"微信"。

也许你知道SETI计划,即搜寻地外文明计划(Search for Extra-Terrestrial Intelligence),这是美国天文学家法兰克·德雷克(Frank Donald Drake)在1961年提出的一个计划——用望远镜监听"太空的声音"来寻找地外文明的计划。这个人除了曾经参与设计了先驱者10号、11号的镀金铝板外,还监制了旅行者号上的金唱盘的制作,同时也是阿雷西博望远镜扩建计划的发起人。阿雷西博望远镜曾是世界上最大的球面射电望远镜,但后来被中国的FAST所取代。

SETI计划是利用射电望远镜,通过电磁波讯号来监听、搜寻外星人的一种方法，是靠谱的科学方法。但这种方式过于被动。只是被动去搜寻外星人的计划已经不能满足一些科学家的胃口，他们开始"作死"地主动向宇宙发射信息，期待外星人收到讯号后给我们回信息，这个计划叫作Messaging to Extra-Terrestrial Intelligence，简称METI。

人类第一次主动向特定的太空区域发消息是在1974年。这一年，阿雷西博射电望远镜改造完成，为了庆祝，美国科学家决定给外星人发射一条消息，这就是著名的"阿雷西博信息"。信息的内容是德雷克设计的，由1 679个二进制数字组成。这段信息只能拆成73个横行和24条直行，最终排成一个长方形，排出来一张明显带有规律的图画信息。其中包含了阿拉伯数字、物种常见的化学元素、核苷酸的组成、DNA双螺旋结构、DNA组成了人类、太阳系信息、阿雷西博射电望远镜共七种信息。

阿雷西博信息瞄准的是距离地球25 000光年外的M13球状星团——就算那里有地外生命，并能顺利破解信息，迅速给我们回信也需要50 000年之后了，所以目前来说，这条信息对人类不算太有危险。

METI组织的科学家发射完阿雷西博信息后，觉得这还不够，得找一些近一些的位置发射，以便有可能在有生之年收到回信。于是这些家伙们分别在

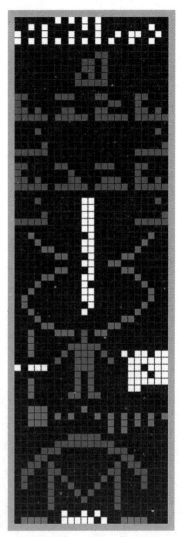

■阿雷西博信息

1999年、2000年和2003年又组织了三次大规模"作死"发消息行动,分别叫作"宇宙的呼唤1""青少年的讯息"和"宇宙的呼唤2"。这三次发射对准的区域要近得多,对准了距离地球32光年至69光年的一些科学家认为可能存在地外生命的区域。最早抵达目标的讯息将是宇宙的呼唤2,预计将于2036年4月送达仙后座Hip4872。掐指一算,这不是只有16年的时间了吗!如果那里的地外生命文明程度比人类高出许多,又怀有恶意,这就真与小说《黑暗森林》的情形类似了。这么多年来,METI组织时不时还会组织一些小规模的发射,从未停息过。

综上,距离地球最远的人造物是阿雷西博信息电波,现在已经到达44光年的宇宙空间了。这比旅行者1号飞出的距离远得多,也危险得多。

■*M13球状星团包含500 000 至 1 000 000 颗恒星(图片来自Keesscherer)*

六、"逃离"地球之后一定会遇到外星人?

无论是未来可能出现的星际飞船,还是现在正在以光速飞行的那些电讯号,它们会遇到外星人吗?

这得详细说一说。还记得刚才提到的法兰克·德雷克吗?

这位天文学家与天体物理学家,以创立搜寻地外文明计划与发明德雷克方程式及发射阿雷西博信息而闻名于世。德雷克从位于西弗吉尼亚州绿岸的美国国家无线电天文台开始他的无线电天文学生涯,后来则加入了喷气推进实验室。在1960年首次使用无线电来搜寻外星生命,这次计划被称为奥兹玛计划。虽然在经过几年的努力后,并未发现任何可能是由外星生命所发射出来的讯息,但德雷克仍然认为与外星生命"接触"在不远的未来是无可避免的,而且是以无线电或光学讯号来完成。

奥兹玛计划,是人类历史上第一个由政府牵头并实施的寻找外星人的计划,意义非凡。德雷克当时的工具是一台口径仅有26米的射电望远镜,要用这台望远镜"收听"地外生命发射的电波十分困难,而且不太可能做到全天候地监听,更不能对整个天空进行全方位收听,只能把望远镜对准某一颗恒星,这颗恒星还不能距离地球太过遥远,否则信号太弱,得不到多少有用的数据。除去射电望远镜的灵敏度之外,德雷克面对的另一个问题就是如何选择收听的频率,就好像我们用收音机搜寻频道一样,你总要把频率挨个搜一遍才能找到自己想听的电台,射电望远镜也是,必须选择一个可能有外星生命发射的电波的频率,可这太难了。我们知道,频率越高,能量衰减得越慢,就能够传播得越远。估计外星人也懂这个规律,所以肯定会选择比较高的频率,一般频率在1 000兆赫到10 000兆赫是比较合适的。现在问题来了,搜寻外星电波哪家强?在这个问题上,哪家都够呛,因为

1 000兆赫到10 000兆赫并不是只有9 000个频率，只要精度够的话，理论上存在无限个频率，宇宙这么大，差个0.000 1兆赫也会差很多。

德雷克在奥兹玛计划失败之后召开了首届地外文明搜寻大会，正是在这次会议上他正式提出一个概念，就是搜寻地外文明计划（SETI），并且抛出了德雷克公式，又称绿岸公式，具体如下：

$$N = Ng \times Fp \times Ne \times Fl \times Fi \times Fc \times FL$$

意思为：

银河系内可能与我们通信的文明数量=银河系内恒星数目×恒星有行星的比例×每个行星系中类地行星数目×有生命进化可居住行星比例×演化出高智生物的概率×高智生命能够进行通信的概率×科技文明持续时间在行星生命周期中占的比例

虽然说这个公式在逻辑上比较严谨，但是关键在于这些公式中的因子并不十分确定，需要代入多大范围的数值也是不确定的，于是你懂的，这个公式因为不同的科学家对公式中的因子数值有不同的判断，算出来的数值也就千差万别了。

德雷克凭啥这么自信呢？就一定有外星生命？大概因为他也跟笔者一样做了如下计算。

根据人类利用各种手段观测到的数据估算，宇宙中至少有1 000亿个星系，就拿地球来说，我们地球所在的太阳系只不过是银河系中一个很小的、非常普通的恒星系，银河系内有1 500亿颗恒星，那么就算只有百分之一的恒星有自己的行星，每颗恒星有3颗行星,这样一算,至少存在45亿颗行星,但拥有行星的恒星远超这一比例。这45亿颗行星有百分之一是由实体岩石构成的类地行星,其中如果再有百分之一的行星适合人类居住,大概会有45万颗行星在恒星系的宜居带上。符合这些条件的行星就有可能发展成数万个地外文明。上边的数据还只是银河系,那么算上我们能观测到的星系,1 000亿乘以45万就可以得出这个宇宙究竟有多少适宜人类居住的星球了。现在你相信有地外生命了吗?

有这么一句话:存在即合理。人类出现在这个宇宙就已经说明这个宇宙拥有智慧生命的概率大于零,既然如此,科学家大都认为"也会有其他生命"就不是一个虚假命题,人类不是特殊的,也不是唯一的。

人类或许不是孤独的,但鉴于"逃离"地球实在是个高难度的计划,一些科学家对于载人探索其他恒星系的计划是绝望的。他们认为除非现有的物理学有重大突破,否则,载人飞船飞出太阳系都只能是梦想。

■这是M78星云,也是著名日本动画《奥特曼》的故乡(图片来自Keesscherer)

■两颗明亮的恒星分别是半人马座α星（左）和β星（右）。在《三体》的故事中，"三体人"就来自半人马座α星（图片来自Skatebiker）

七、等待外星人

如果外星人的科技比我们的发达，发达到可以穿越数百上万光年来到地球，而且很友善，会跟我们正常来往，谈谈科学，谈谈艺术，甚至可以做贸易。如果是这样，我们当然很欢迎，这可以帮助人类提前很多年进入星际时代。在科技理论上，人类也可以更好地理解宇宙，去解开宇宙的终极秘密。那么当外星人的科技比我们的发达，但是性格却很残暴呢？比如类似《独立日》或者《世界大战》中那样的外星人来侵略地球怎么办呢？我们现在花了很多钞票来发射信息给他们，到头来被人家侵略做了奴隶，岂不是很亏？

如果真是这样，我们也不是吃素的，会奋起反抗。但就跟当年欧洲人发现美洲大陆之后对印第安人的屠杀一样，我们几乎只有被虐杀的份，因为科技远在人家之下。

■ 1995年电影《独立日》中的外星飞船模型

再来说说第三种情况，也许整个银河系的智慧生命已经组成了联盟，大家的科技都差不多，但是地球的科技还差很多，处于萌芽阶段，人家以保护为由不带我们玩，也是非常有可能的，这在很多科幻小说中都有提及，比如刘慈欣的《朝闻道》和前文推荐的《没有敌人的战争》。

外星人的飞船如果有能力穿越浩瀚的宇宙来到地球，那么飞船按常理来说应该很大。人类可以发现这些飞船吗？理论上来说只要这些飞船飞近地球基本都会被发现。卡特林那巡天系统（Catalina Sky Survey），是一个发现彗星和小行星，包括搜索近地小行星（NEAs）的计划。更具体地说，搜索可能撞击地球、有潜在威胁的小行星（potentially hazardous asteroid，PHAs）的高危险群。近地小行星指的是那些轨道与地球轨道相交的小行星。这类小行星可能会带来撞击地球的危险。截至2011年9月，发现体积中等大小的近地小行星约19 500颗。

由此可见利用这个系统，人类有能力发现接近地球的大型飞船。不过2012年的一条新闻提到，卡特林那巡天系统的一部分——塞丁泉天文台（Siding Spring Survey）的观测项目，因为经费问题面临被关闭的局面。对此，笔者不得不说一句，少了这些监测系统，就加大了小行星撞击地球的危险，同时也减少了发现外星飞船的机会。

外星人旅行到地球还有另外一种方式，只是把电波"旅行"到地球，这或许是外星人给人类的定向广播，也可能是向全宇宙广播的。这与之前德雷克他们发射各种信息到有可能存在外星生命区域的做法是类似的。

这种方式对于外星人来说，成本比较低，也比较方便。电波旅行的方式，只是将信息传递给人类，或者告诉地球人他们的位置，或者告诉地球人如何建造工具以找到他们。电波旅行的形式在电影《超时空接触》中被运用得淋漓尽致。电影中，女科学家

■ 人类普遍对外星人印象刻板。图为1906年法文版《世界大战》中火星人抓取地球人尸体的插画形象

埃莉经过多年的努力，最终利用位于新墨西哥州的甚大阵射电望远镜接收到了外星人的讯息，通过解码，建立了巨大的类似"星际之门"的工具，最终穿越大尺度的宇宙空间，与外星人实现了接触。

这种方法相对于把飞船开到我们家门口简单得多，成本也低得多，主要是人类出钱建造嘛。不过，这其中也有个巨大的缺点，如果对方是完全不同的文明，或者说位于不同的星系，环境不同，科学体系不同，建造使用的材料也不同。如此一来，从解码电波到建造星际旅行的工具都将变得十分困难，并且，对方怎么知道地球人的科技水平到什么程度了呢？是否有能力建造出来都是问题。

现实世界中位于新墨西哥州的甚大阵射电望远镜，除了本职的搜星观测任务之外，也有收集外星电波的任务，所以有可能在未来的某一天，我们会接收到真正的外星人的"密码电报"。

■ 1952年7月31日在新泽西州拍摄的所谓的UFO照片。类似的照片还有很多，但没有人能给出更进一步的外星人存在的证据

八、与外星人交流？

在现实世界中，人类与黑猩猩的基因差别不到1.6%，这很小的差别产生的结果就是，人类可以飞去火星，可以去研究发现"上帝粒子"，而最聪明的黑猩猩最多会做点智力测验、从简单设计的箱子里拿食物吃。

虽然我们至今不知道人类究竟是什么时刻从南方古猿中脱离出来、最终进化成现代人类的，但几乎已经确定我们是从这群猿猴里走出来、走向宇宙的。进化历史有很大的不确定性和巧合，哪怕是非常细微的影响，也会改变进化的方向。在碳基生命里，也许有一天我们会碰到在地球进化链上出现过的各种各样的生物，并且是智慧生命，比如龙虾族，那时不必惊讶。

以上假设都是从类地球环境的角度来设计的外星人，但其实在众多的假设中，有人提出了一种完全不同的生命——硅基生命，这是科学家设想的以硅为有机质基础的生物。在构成碳基生物的氨基酸中，连接氨基和羧基的是碳元素，而硅基生物用来连接两者的则是硅元素，因为硅元素和碳元素同属一个族，化学性质相似，所以硅基生物在理论上是有可能存在的。

由于碳和硅的分布在宇宙中非常广泛，所以如果有以碳和水为基础的碳基生物，那为什么不能有以硅化物为基础的生命呢？这个概念早在19世纪就出现了。1891年，波茨坦大学的天体物理学家儒略·申纳尔（Julius Sheiner）在他的一篇文章中就探讨了以硅为基础的生命存在的可能性，他大概是第一个提及硅基生命的人。这个概念被英国化学家詹姆士·爱默生·雷诺兹（James Emerson Reynolds）所接受，1893年，他在英国科学促进协会的一次演讲中指出，硅化合物的热稳定性使以其为基础的生命可以在高温下生存。硅基生命在人们的猜想中可以更

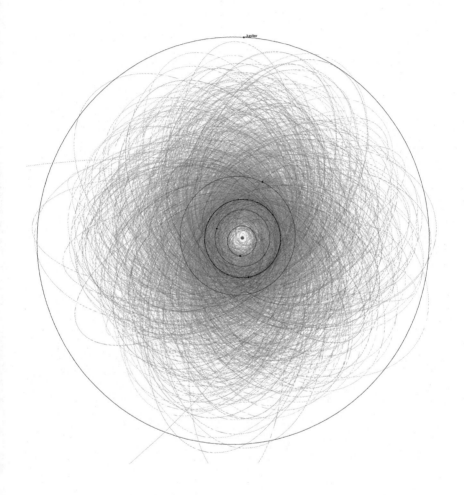

■加州理工学院2013年8月2日绘制的当时已知近地小行星的轨道图。这些小行星被认为是危险的，因为它们直径普遍大于140米，且轨道较靠近地球轨道

耐高温，有更长久的寿命，这一点增大了搜索智慧生命的范围。即使在人类看来非常苛刻的行星环境，也有可能产生硅基生命，从而可以增加宇宙中生命存在的比率。

一些科学家认为，当碳在地球生物的呼吸过程中被氧化时，会形成二氧化碳气体，这是种很容易从生物体中移除的废弃物质；但是硅的氧化会形成固体，因为在二氧化硅刚形成的时候就会形成晶格，使得每个硅原子都被四个氧原子包围，而不是像二氧化碳那样每个分子都是单独游离的，处置这样的固体物质会给硅基生命的呼吸过程带来很大挑战。可是，也许硅基生命压根就不呼吸呢？在斯坦利·维斯鲍姆（Stanley Weisbaum）的《火星奥德赛》中，硅基生命体有一百万岁，每十分钟会沉淀下一块砖石，而这正是维斯鲍姆对硅基生命所面临的一个重大问题的回答，文中一位进行观察的科学家总结到：

"那些砖石是它的废弃物……我们是碳组成，我们的废弃物是二氧化碳，而这个东西是硅组成，它的废弃物是二氧化硅——硅石，但硅石是固体，从而是砖石，这样它就把自己覆盖进去。当它被完全盖住，就移动到一个新的地方重新开始。"

宇宙非常广大，人类是碳基生命，"就从自己的角度出发，认为这个宇宙里的智慧生物大多跟自己一样"，这一点人类可能错得很厉害。在浩瀚的宇宙中，也许碳基生命才是稀有品种，其他的生命形式才是大多数，当然这仅仅是一种可能。

王元的小说《π》中，超算开始执行计算π值的指令，与人类争资源，甚至最终拆掉地球。超算最后觉醒成为一种生命，从某种意义上来说，它也是一种硅基生命。如果外星人真的是以硅族元素为基础的生命体，说不准能与之交流哦！不过在此之前，人类更得"逃离"地球了！

微小说·剪纸

● 灰狐 / 文

每次驾驶跃迁飞船时，我都会想起奶奶。

她是个很普通的家庭主妇，一辈子都没怎么出过门。虽然那时绕地球一圈只用一天时间，但我奶奶的整个世界大概只有菜市场到家的这一片区域。

没事的时候，奶奶就喜欢坐在窗边，在午后温暖的阳光中，挥舞着手中的剪刀，在红纸上挖出奇妙的图案。

她喜欢做这些，听她说过，那些剪纸的技巧，还是在她小的时候，由她的奶奶教给她的。

她也曾想教我剪纸，将一张红纸按照某种方式重叠在一起，然后剪掉边缘，待展开后，便成了一大幅栩栩如生的年画。

可惜我没有什么天分，除了能剪出几个手拉手的小人以外，更复杂的就做不出来了。再加上妈妈不喜欢我学这种"女里女气"的东西，奶奶只能遗憾地停止传授我这门技术。

打那之后，剪纸成了她一个人的语言，在这座百万人的城市里，只有她一个人会这门手艺。但是她并不孤单，反而充满了激情和活力。

我以为奶奶会始终那样，坐在金色的阳光中，红色的剪纸在手中飞舞，手中生出一幅幅生动的画。

所以，当我收到邀请函，让我陪奶奶参加高能物理研究所的研讨会时，我足足用了一个星期才确定这不是我那些无聊的同学开的玩笑。

那时我刚刚考入航空学院，请假制度格外严格。教导员盯着邀请函上的红章看了半天，又用同样的眼神看了我更长的时间，才给了我一个星期的假。

请假不是最困难的，难的是说服奶奶出门。任我好说歹说，她也不肯离开家门半步。

无奈之下我只好以我自己的学业相威胁，我说如果不去的话，就是骗了教导员，会被退学的。当我慌慌张张地说出那套谎言之后，她叹了一口气，勉强答应了。

我无论如何也不相信研究所能和奶奶扯上关系，奶奶也同样是一头雾水。

直到见到了研究所的陈博士，才解开了我心中的疑惑。原来，在多年前的一次文艺联谊会中，作为手工艺人的奶奶和作为科学家的陈博士都受邀参加。在联谊会中，无聊的奶奶独自在角落里做她的剪纸。二维的纸在三维空间中折叠，经过奶奶的妙手天工，变成一幅幅生动的图画，这场景让陈博士对一直困扰着他的多维空间问题有了新的想法。

回去之后，陈博士将想法完善起来，提出了一个新的理论，并且在几年之内设计了能够验证这个理论的实验。

那天正是第一次实验。

为了报答奶奶给予的启发，我们两个无关的人被安排在嘉宾席的位置——就在直播大屏幕的下面，左右都是神情凝重的科学家。

奶奶对这场科学盛宴毫无兴趣，憋了很久以后，终于掏出她的宝贝，开始剪纸消磨时间。

这时实验开始了，远在六十公千米的多维空间生成器启动。这里的内容复杂，我完全听不明白，最直观的形式就是大屏幕中心的合金立方体。据陈博士说，如果多维空间存在，那么立方体会在高维移动，投射在我们三维空间的形状就会随之改变，就像用CT做人体断层扫描一样。

立方体静止了一会儿，开始变化。这种变化是圆润但毫无常识可言的，因为它并不像想象中那样保持着质量或者体积不变，它渐渐长大，变得扁平，然后又成了一个扭曲着的古怪形状。

全场发出欢呼，掌声经久不息。

但是一声惊呼打断了正在庆祝的人们，发出惊呼的是奶奶。

她手中的剪纸，就像那块立方体，在不停变化着形状。

"怎么回事？"她抬头看着我，目光奇怪。

"怎么了奶奶？"我握住奶奶的手。

"我看见……"奶奶想了想，觉得不好说，于是她低头开始剪纸。

我没办法说出奶奶剪出的东西，它就像我小时候做的手拉手的小人，但是那些小人所有的部分都连接在一起，却又彼此分开，这不是这个世界应该有的东西。

"我看见你们都变成了这样。"

"这……应该是我们在高维状态下的样子。"陈博士饶有兴趣地把玩着剪纸小人，"您还看到了什么？"

奶奶认真地描述了她所看到的画面，但是只有中专文凭的她，只能用平常的口语描述那些场景，在场几十位世界顶尖的物理学家都无法理解。

陈博士说，三维世界的人，本身就很难想象高维空间的样子，只能用数学的方法进行推算，但是奶奶一辈子都在和剪纸打交道，对高低维互换颇有心得，所以她在实验中突然领悟了高维空间。

接下来的一段时间里，陈博士和他的团队成天围着奶奶，设计了一项又一项的实验，奶奶顺从地按照他们的指示去做，将之前的理论一一印证。

这是物理学界前所未有的丰收。

奶奶那时已经八十多岁了，连续数周都要与那些亢奋的科学家们打交道，用她本来就有些贫瘠的语言来描述目前最高深的知识。我知道她很累，但是陈博士一再恳求我再宽限几天。

直到一个再平常不过的下午，奶奶拒绝了实验的请求，说想出去晒晒太阳。她带着她的宝贝小包走出实验室，从此消失不见。

陈博士惊慌失措地向我道歉，我无意为难他。我想我知道奶奶去了哪里，只是无法前去找她。不过以奶奶的性格，加上她能够在更高维度穿梭的能力，想必她已经找到一个安静的地方安心地做她的手工。

如今我已成为第一批跃迁飞船的驾驶员，高维空间理论的完善让我们的技术得到了飞跃式的发展。不过，自我奶奶以后，再没有任何一个人，无论是科学家，还是裁缝，都无法凭他三维的脑子想象高维空间，即使学习两年剪纸也不行。

这一切的理论基础，都是在我奶奶的剪刀下产生的。

微科普·进入高维之门

● 吕默默 / 文

读完小说《剪纸》后,各位读者可能要问,高维空间在现实世界存在吗?究竟什么是高维空间呢?如何进入?如果拿这些问题去问科学家,大概他们也会头疼,不知如何回答是好。因为一切都还不确定。

也许你听说过这样一句名言:"世界上没有两片完全相同的树叶。"它出自德国著名哲学家、数学家戈特弗里德·威廉·莱布尼茨之口。但在支撑高维空间存在的超弦理论里,甭说树叶是相同的,连你我都是一模一样的存在。

在中学物理和化学中,世界上的水、空气、树木、土地以及各种金属都是由不同的原子构成的。其实原子并不是构成世界的最小单元,"撞碎"原子之后,还有质子、电子、中子等更小的粒子蹦出来。同样,这些"小家伙"还可以再被撞碎。欧洲最大的大型强子对撞机(Large Hadron Collider,缩写:LHC)就在做这项工作。但这样的撞碎实验有尽头吗?超弦理论解决了这一疑问。

超弦理论的发展

1968年，年轻的物理学家加布里埃莱·韦内齐亚诺（Gabriele Veneziano）闲暇时用大数学家欧拉发明的欧拉β函数代入各种数字，然后计算出数据。他发现得到的数字与世界各地汇聚而来的、粒子对撞后碎片的各种数据有些关联。这一发现引得更多科学家加入。经过几年的研究后，他们几乎同时发现，如果用一根振动的弦当作构成万物的最基本的粒子，它们之间的合作用力可以用欧拉函数来表达。但这根弦非常小，小到以我们现今的科技手段都无法看出它的具体模样，致使它看起来就像一个画在纸上的无比小的黑点，这就是弦论。

弦论经过十多年的坎坷研究路程，终于在几位始终不肯放弃的科学家手里升级成了超弦理论。在此理论中，宇宙万物不再细分成各种基本粒子，而是由无数不断在振动的弦构成。弦是相同的，只是振动模式不同，比如这个是横着振动的，可能就是电子，另一个是竖着振动的，就是中微子。换句话说，也许我们眼中的这些物体，在超大规模的强子对撞机撞击后，最终可能得到的是一根弦。

■ 从二维到三维

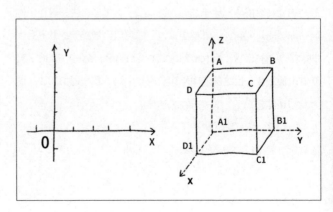

族→周期	1	2	3	4	5	6	7	8	9	10	11	12	13	14	15	16	17	18
1	1 H 氢																	2 He 氦
2	3 Li 锂	4 Be 铍											5 B 硼	6 C 碳	7 N 氮	8 O 氧	9 F 氟	10 Ne 氖
3	11 Na 钠	12 Mg 镁											13 Al 铝	14 Si 硅	15 P 磷	16 S 硫	17 Cl 氯	18 Ar 氩
4	19 K 钾	20 Ca 钙	21 Sc 钪	22 Ti 钛	23 V 钒	24 Cr 铬	25 Mn 锰	26 Fe 铁	27 Co 钴	28 Ni 镍	29 Cu 铜	30 Zn 锌	31 Ga 镓	32 Ge 锗	33 As 砷	34 Se 硒	35 Br 溴	36 Kr 氪
5	37 Rb 铷	38 Sr 锶	39 Y 钇	40 Zr 锆	41 Nb 铌	42 Mo 钼	43 Tc 锝	44 Ru 钌	45 Rh 铑	46 Pd 钯	47 Ag 银	48 Cd 镉	49 In 铟	50 Sn 锡	51 Sb 锑	52 Te 碲	53 I 碘	54 Xe 氙
6	55 Cs 铯	56 Ba 钡	镧系	72 Hf 铪	73 Ta 钽	74 W 钨	75 Re 铼	76 Os 锇	77 Ir 铱	78 Pt 铂	79 Au 金	80 Hg 汞	81 Tl 铊	82 Pb 铅	83 Bi 铋	84 Po 钋	85 At 砹	86 Rn 氡
7	87 Fr 钫	88 Ra 镭	锕系	104 Rf 鑪	105 Db 𨧀	106 Sg 𨭎	107 Bh 𨨏	108 Hs 𨭆	109 Mt 鿏	110 Ds 𫟼	111 Rg 𬬭	112 Cn 鿔	113 Nh 鉨	114 Fl 𫓧	115 Mc 镆	116 Lv 𫟷	117 Ts 鿬	118 Og 鿫

镧系元素	57 La 镧	58 Ce 铈	59 Pr 镨	60 Nd 钕	61 Pm 钷	62 Sm 钐	63 Eu 铕	64 Gd 钆	65 Tb 铽	66 Dy 镝	67 Ho 钬	68 Er 铒	69 Tm 铥	70 Yb 镱	71 Lu 镥
锕系元素	89 Ac 锕	90 Th 钍	91 Pa 镤	92 U 铀	93 Np 镎	94 Pu 钚	95 Am 镅	96 Cm 锔	97 Bk 锫	98 Cf 锎	99 Es 锿	100 Fm 镄	101 Md 钔	102 No 锘	103 Lr 铹

超弦理论认为宇宙有十个维度，但其中有六个维度不想被看到，紧紧地蜷缩起来了（近些年从超弦理论又派生出的M理论，把十个维度的宇宙变成了十一维的）。等等，六个维度空间？那是啥？

通常科学家把现实生活中的世界叫作三维世界：可以简单认为一个无比小的点是一维空间；在一张忽略厚度的纸上的空间是二维的；有长、宽、高的世界则是三维空间。科学家又把时间这个维度算上去，这不就是四个了吗？其他的六个维度看不到是因为它们蜷缩起来了。构成万物的弦就在这"不想见人"的六个维度里振动着，它们的"影子"从看不见的高维空间中投射在我们的世界，就是各种微小的基本粒子。

■ 化学研究中，构成万物的不是弦，而是各种元素。这就是大名鼎鼎的元素周期表，我们已知的任何物体，都是由表中列出的元素构成的。元素在周期表中的位置不仅反映了元素的原子结构，也显示了元素性质的递变规律和元素之间的内在联系，使其构成了一个完整的体系

寻找高维空间

各位可能要问了,缩起来怕个啥?显微镜招呼呗!科技都这么发达了,蜷得再紧也还是有痕迹!不过,日常生物课上放大几十、几百倍的显微镜在这里没啥用,它们放大的倍数不够用。

缩起来的六个维度空间究竟收缩到多小呢?必须要找来一个能放大一亿亿亿亿多倍的放大镜才能看清。在这个超级放大镜下,我们会发现所有粒子不再是一个黑点,而是一段弯曲的六维空间,像一个六维的"猴皮筋儿",它们正在我们无法看到的高维空间里,不停地以不同模式振动着。这无数振动的弦投影在现实世界中就是我们认识的各种基本粒子,这些基本粒子又组成了现实世界的一切。

在现有科技、实验条件下,科学家无法找到这么厉害的放大镜,这也成为超弦理论无法被验证的原因之一。所以,即使现在科学家想解释明白,也有口难辩,毕竟没有绝对的证据,怎好说仅仅是假设存在的理论是正确的呢?更何况要给公众解释出来,这就更不靠谱了。

超弦理论里我和你一样

在超弦理论里,没有不一样的树叶,连你我都是相同的,这样的说法并没有错。构成世界的万物,包括你和我,都是无比微小的、蜷缩起来的弦。弦又是用不同方式振动着的弯曲的六个维度空间的一部分,既然都是空间,那都是空的,都是空的还有什么不一样呢?

进入高维空间

《剪纸》中科学家发现了高维空间的秘密，企图进入其中。现实中，科学家可以达成这一目标吗？

前文提到，万物是由不同种类、十分微小的基本粒子构成的，如今科学家已经找到了其中不少粒子的身影，如电子、夸克、光子等，现有的理论认为构成万物的基本粒子有62种之多。根据超弦理论，这62种基本粒子，是由高维空间以不同模式、不断振动着的弦构成的。换句话说，这些基本粒子仍可以再被撞碎，得到的碎片再进行撞碎，最终会发现不可再分割的弦。既然想证明超弦理论，那就继续撞！

世界上最大的粒子加速器，名为大型强子对撞机，是一座位于瑞士日内瓦近郊欧洲核子研究组织的对撞型粒子加速器，作为国际高能物理学研究之用，也就是前文提到的用来撞碎原子得到更小的基本粒子的实验装置。这个实验装置建在了一个圆周为27千米的圆形隧道内，该隧道因当地地形的起伏而位于地下50米至175米之间，预计全部完工需要投入超过80亿美元。

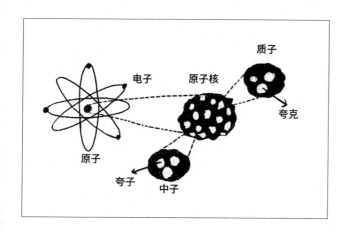

■ 我们所熟知的组成物质的几级粒子

可即便是世界上最大的对撞型粒子加速器,距离发现弦也很遥远。用对撞的方法发现微小的弦需要多大的粒子加速器呢?北京这么大?亚欧大陆东西这么长?还是地球赤道的长度?都不是,比这要大得多。至少要建造成银河系大小的对撞型粒子加速器,进行对撞实验,才可能最终发现弦。

地球所在的银河系是一个棒旋星系,直径为100 000光年到180 000光年。1光年约为9 460 000 000 000千米,寻常出行乘坐的商用客机时速为每小时885千米,飞行1光年需要122万年之久。即使抛开建造如此大的粒子加速器的困难不提,建成后,在其中对撞的粒子哪怕以光速相向飞行,要想对撞在一起,要共同走过314 000光年的距离,需要至少15万年的时间才能撞在一起。这样的实验并不是一次就能成功,倘若多做几次,等待的时间恐怕比人类存在于地球上的时间还要长。这也是令支持超弦理论的科学家无比绝望的原因。

如此看来,甭说进入高维空间,现有阶段连弦都找不到。

微小说·没有敌人的战争

● 刘洋 / 文

这场战争已经持续了十年,说实话,大部分人都已经习惯甚至开始无视它的存在了。每天早晨,从位于赤道的海上发射平台升空的数十艘宇宙战舰在经过几分钟的加速升空后,便进入近地轨道,然后慢慢靠近外星飞船。它们通常在距离外星飞船一百千米的斜下方轨道上游荡着,伺机对外星飞船发动攻击。

外星飞船的机动性似乎不太好,这么多年来,它并没有对这些地球战舰进行过任何一次追击。然而,地球人也拿它没有办法,因为它变态的防御能力实在是超出了人类的理解范围。在外星飞船的外面,包裹着一层未知的力场,所有攻击而来的武器,不管是质量武器还是能量武器,都无法对其船体造成真正的损伤。

这场僵持的战争起源于十年前一个晴朗的日子。就在那天,世界上所有的天文台同时发现,一艘不明飞行物正飞速靠近地球。之后,越来越多的图片和视频资料在网络上公开,人们看到了它那优雅而富于美感的流线型身躯,还有其外壳上镌刻着的无数精致而复杂的纹路——所有这一切都绝非自然的造物。人类社会第一次毫无争议地认识到,我们并不是宇宙中唯一的智慧生物。在短暂的激动过后,涌上来的是无端的恐慌。

它要干什么?

外星飞船绕着地球飞行了三天,其高度最低的时候已经降到了一千米左右。在其经过的路径上,一个遮天蔽日的黑影笼罩了大地,所有人都抬起头来,怀着种种复杂的心情看着它。

刚开始,一切相安无事,直到一颗炮弹射向飞船的船体,然后被飞船的防御力场无声地包裹进去。

炮弹来自一个极端宗教组织。他们所领导的武装集团让亚洲大陆的中部地区战乱频发。他们仇视一切异教徒,不管这些异教徒是本国人还是外国人,是黄种人还是白种人,是地球人还是外星人。外星飞船经过他们领空的时候,他们正在进行某种严肃的宗教仪式。飞船在他们上空停留了一会儿。不知道为什么,他们认为这艘大飞船阻挠了他们的仪式,亵渎了他们的神,所以毫无疑问,是邪恶的就必须消灭。

于是,他们架起高射炮,就这样开始了攻击。

外星飞船很快就有了反应,它向地面投掷了更多的炮弹,将下方那座沙漠小城夷为了平地。

这个消息以光速传遍了整个世界,所有人都猛然意识到,这艘飞船很可能来者不善。之前在社会上一度流传的"这艘飞船是和平使者"的说法,一下子消失了。在飞船前进的路上,各国政府都开始出动各式武器,力图阻止或者击落它。可是,不论地面以怎样密集的火力对它进行攻击,它总是能以更猛烈的攻击来回击人类。在这个过程中,世界各国都相继遭到了飞船的攻击,数十座繁华的城市化为灰烬,几十亿人流离失所。

人类愤怒了,他们的攻击开始升级。最新式的导弹和激光武器不断集结,然后向着飞船倾泻出人类的怒火。外星飞船也毫不示弱,同样对人类还以导弹和激光的攻击。

就在这样不断的攻击和还击中,人们渐渐发现了一个可怕的事实。那就是，不管人类对飞船做出何种攻击，飞船的还击总是"以彼之道，还施彼身"。人类如果射入飞船一颗火药炮弹，那么飞船也会还以一颗炮弹；如果用激光攻击它，它则会以激光反击。而让人觉得可怕的地方是，外星飞船反击的炮弹或者激光，总是比人类的武器威力更大，像是把人类的武器进行了某种技术升级似的。

军事专家们对外星飞船投下的炮弹进行了研究。他们通过对残骸的分析，对相关影像的观摩，逐渐掌握了外星人的技术窍门。其实外星人对相关技术的改进并不大，有时候只是改动了一个很小的地方——比如改进了一点点推进剂的配比，就让整个武器的威力加大了几倍。武器专家们欣喜若狂，他们以此改良了技术，造出了威力更大的武器，再次向外星飞船发起攻击。然而，他们得到的，却是比之前更凶猛的还击。

人类没有放弃，他们继续从外星飞船的还击中学习新的武器技术，然后再不断提升自己的战斗力。就这样，战争一天天、一年年地持续着。在普通人的眼中，政府所领导的军队正为了保卫人类而不懈奋战，然而，只有极少数的政府高层知道，事实根本就不是这样。

这艘外星飞船其实毫无威胁，这场战争从一开始就是个错误。战争开始一年后，飞船上的纹路就已经被人类的语言学家破解——那是一种简洁而优雅的外星文字。镌刻在飞船上的文字内容是：

我们是技术传播者。给我你们的产品，我会改良出更好的产品还给你们。我们的目标是帮助所有低等文明，更快地成长起来。让我们一起，向着宇宙的终极真理而进发吧！

在得知文字的含义后,所有知情者都大为震惊。联合国曾经组织了一个国际组织,协调各国停止了对外星飞船的攻击。果然,外星飞船也同时停止了对人类的攻击。和平的曙光似乎在那一刻降临到了所有人的头上。然而,没过多久,人类的攻击就再度开始了。

从那时起,战争就不再具有通常的意义了,它实际上沦为了一种军备竞赛。在别的国家都不停攻击飞船,从而在飞船的"还击"中获得更高级的军事技术的时候,自己又怎么能够落下呢?所有"参与战争"的国家的军事技术都一日千里地进步着,尝到了甜头的他们,就更加不肯轻易罢手了。

就这样,战争持续了十年。

在第十年,终于有一个小国,冒着天下之大不韪,偷偷向外星飞船发射了一颗大当量的核弹。它希望可以以此获得能够制衡那些大国的真正的超级武器的制造技术。

很快,飞船做出了回应:一颗人类历史上从未有过的超级核弹向着地球飞来。十几秒钟后,整个地球的地壳层都同时发生了剧烈的震动。在着弹点几十千米范围内,海水瞬间蒸发,几百千米内的海水接着沸腾了起来,汹涌的巨浪一往无前地扫过了所有的陆地。

从那以后,飞船再也没有受到来自人类的任何攻击。

飞船的智能控制系统颇为不解地在近地轨道上徘徊了近一年,直到确定这里的文明再也不需要技术上的帮助了,它才发动超空间曲率引擎,向着茫茫宇宙中的下一个低等文明飞去……

微科普·文明的级别

● 吕默默 / 文

刘慈欣在小说《黑暗森林》中曾经做过一个比喻：宇宙就像一座黑暗森林，每个文明都像是带枪的猎人，像幽灵般潜行于林间，轻轻拨开树枝探索外界，同时竭力不发出脚步声隐藏行踪。如果他发现了别的生命，不管是天使还是魔鬼，能做的只有一件事：开枪消灭之，只有先下手为强的不变思维才能抵消未来潜在的风险，任何暴露自己存在的生命都将很快被消灭。

诚然，《黑暗森林》里的宇宙法则很可能适用于人类所在的现实宇宙，但也有另一种可能，高等文明都是善意的，对于低一等级的文明没有坏心眼。自私、自利、恶意揣测都是略微低等的文明所特有的缺点，这与《没有敌人的战争》这篇小说中表述的相似，终结自己的只能是人类自己。

地球存在了至少40亿年，但人类的历史却并不长，也并没有发现与我们类似的其他文明。倘若给文明定等级，也只有分析人类自我的历史。现在我们把眼光放得高一些，对准整个星空，那里有可能有比我们更高等级的生命体及其文明。那究竟是如何程度的文明呢？

宇宙文明分级听来是不是很科幻？但真有天文学家做了科学的推断。1964年，俄国天文学家尼古拉·卡尔达肖夫提出了用能量把文明分成三个等级：I型、II型和III型。

I型文明

这一级别的文明可以使用所在行星内的所有可能使用的能量，具体的数值约为10^{16}W的能量。（W，瓦特=J/s，焦耳每秒，即I型文明在一秒内即可输出亿亿焦耳的能量，相当于两百万吨TNT当量——大型核弹）普通人对这个数值显然没有任何概念，这大约等于每秒太阳照射到地球的能量总和。

太阳照射在地球上的能量，并没有被地球全部吸收，有一部分被反射走了，有的打在水、空气和岩石层上，逐渐地散失掉了。只有一少部分，被植物进行光合作用吸收，或者被人造太阳能装置所利用。

美国天文学家卡尔·萨根1973年曾经做过计算，他计算出人类文明类型指数（在1973年）是0.7倍的I级文明的阶段。后人使用他的计算方法，做了推算，2012年，世界总能源消耗量为553艾焦，相当于平均功耗为17.54太瓦（1.504×10^{13}W，或0.724上的卡尔达肖夫指数）。从1973年到2012年该指数每年平均增长0.000 8左右。如此看来，人类还在0级文明折腾呢！

近年来，美国著名理论物理学家加来道雄认为，在未来的100~200年，人类就可以跃上I级文明的台阶，几千年后达到II别文明，在10~100万年后达到III级文明状态。

II级文明

这一级别的文明可以利用它所在恒星系中的恒星每秒产生的所有能量，不浪费。换句话说，我们的太阳每秒所产生的能量约3.86×10^{26}W，这一级别的文明整个社会活动每秒消耗的能量

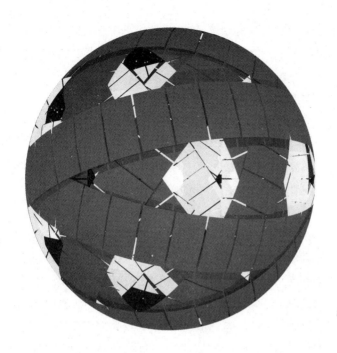

■ 由戴森环组成的戴森球（Arnero绘制）

大约在10^{26}W的数量级。

控制整个太阳释放的能量？太阳每秒照射到地球的能量仅为太阳释放能量的22亿分之一。即使如此，人类尚不能控制太阳照射到地球表面的能量，更别说整个太阳了。

开个脑洞，假设II级文明存在于宇宙中，他们都能做什么呢？举一个比较贴切的例子，以太阳为例，想要百分百利用一颗恒星的能量，最简单的方法就是用高效率的太阳能板将恒星包裹个严严实实。这样的方法是不是有点眼熟？在许多科幻小说中都提到过这一人造设施——戴森球。

20世纪50年代末，美国著名物理学家、数学家弗里曼·戴森提出过一种新的寻找外星人的理论。戴森认为随着文明的不断发展，行星上的化学能（石油、煤矿、天然气）很快就会消耗完。核能虽然高效但同样伴随着各式各样的危险，不是最理想的清洁能源。最理想的清洁能源是太阳能，但前边我们也讨论过，太阳洒在地球上的能量只是其全部释放能量的22亿分之一。如何全部将之收集起来呢？与前边提到的方法一样，发射包裹太阳运行的太阳能采集器，然后汇集在一起。这就是戴森球。

戴森认为戴森球是一个依靠恒星系能量过活的文明发展的必然结果，这与卡尔达肖夫做的分级不谋而合。

从人类角度来看，造一个戴森球是否可行？先在地球绕日轨道附近建造一个戴森环。地球到太阳的平均距离为1.5亿千米，所需要修建的戴森环直径为3亿千米，周长约为10亿千米。这有多长呢？平时我们开车走的高速公路一般限速120千米/小时，每天24小时保持这个速度匀速行进，不加油，不休息，走完这个戴森环需要965年。如果这个戴森环仅仅宽1千米，整个面积就为10亿平方千米，这需要把至少两个地球的表面裁下来去造这一个戴森环。如果要建造一个完整的戴森球，以地球文明的科技能力是绝对不可能建造成功的。

由此可见I级文明与II级文明的巨大差距了。别以为这就算完了，还有III级文明没出场呢。

III级文明

这一级文明可以利用所在星系的整个能量。以地球为例，如果人类跨入III级文明阶段，就可以随意使用整个银河系每秒释放的能量了。写到这里，笔者抬头看了看之前写的戴森球的段落，一个戴森球就已经让地球人望尘莫及了，整个银河系每秒钟产生的能量？科幻小说都没有敢这么写的。

继续开脑洞，如何最有效地利用整个银河系的能量呢？莫过于把每一颗恒星都用戴森球包起来，把银河系从宇宙里"抹掉"，形成一个巨大的"黑洞"，压根没有光透出来，这一刻人类才算真正地收集了整个银河系的能量了。至于用这些能量做什么，笔者暂时没想到，交给各位读者了！

回到《没有敌人的战争》这一篇小说，无论是I级文明还是II级、III级文明降临地球，他们压根儿没必要跟地球开战。在这些文明眼中，地球的那些资源还不够塞牙缝，所以小说中讲到外星人来地球"扶贫"并不突兀，甚至合情合理。

再来谈一谈卡尔达肖夫的文明等级划分。虽然是在数据分析下的合理科学分级，但看起来浑身透着一股子科幻的怪味。按照这个标准，把搜索范围扩大到太阳系周围100光年的范围，没有发现过戴森球，甚至也没有观测到可能存在生命的行星。范围放大到太阳系所在的整个旋臂，甚至整个银河系，也没见到有III级文明给每个恒星建戴森球啊，或者是这项工程太大了，毕竟整个银河系拥有超过1 500亿颗恒星，太阳系在银河系的"穷乡僻壤"，说不准下次外星人入侵太阳系的目标并不是地球，而是在给太阳建造戴森球呢？这是不是又可以写一篇小说了？

微小说·小雷音寺

● 刘洋 / 文

"小!"悟空低语念诵的声音在狭小的金钵里回荡,激起一阵嗡嗡的回响。

那竖立在地上的金箍棒立刻发生了变化。它的体积以肉眼可见的速度缩小,很快就变得宛如一根筷子。唐僧傻傻地问:"悟空,你这是干啥呢?"他经常跟不上这个猴子的思路,很多次被猴子救了以后,他还不知道是怎么回事。

悟空不发一语,只是低头看着那根铁棒。随着与地面接触面积的减小,金箍棒对地面的压强越来越大,不明材质的地面上出现了一道道裂痕。在某个瞬间,噗的一声,那棒子猛地颤动了一下,然后开始一顿一顿地从地面沉陷下去。

八戒皱着眉头,低头看着这一切。被那小雷音寺的黄眉怪用金钵扣住了以后,师徒四人尝试了各种办法,都没能脱困,难道这猴子是想挖隧道出去吗?

金箍棒很快就完全没入了地下,消失在众人的视野中。悟空使出火眼金睛的神通,一直追踪着那铁棒的位置。金箍棒重一万三千五百斤(1斤=500克),现在已经只有一块橡皮擦的大小了——此刻,其密度与白矮星相当。它不断地加速沉陷,在周围岩石的挤压下晃动、翻滚着。

"再小!"

金箍棒继续缩小,眨眼之间,它已经如同一根细针。周围的岩层已经无法对其沉降的状态产生什么影响了,它像一块落水之石,以略小于 g 的恒定加速度向地心不停掉落。摩擦使它的温度越来越高,一分钟后,当它下降到地下两百多米时,其表面温度已经达到了一千摄氏度。

"黄毛怪,放我们出去!"沙僧还在用手敲着金钵,有气无力地喊着。

八戒压下心底的烦躁,大口喘着气。他还是没看明白那只猴子在干什么,不过长久以来的经验告诉他,那家伙总会有办法的。

"再小!"

铁棒现在已经缩小到和一个酵母菌差不多大了,其密度已经达到了和中子星相当的程度。越来越小的体积和不断升高的温度使其产生了强烈的热辐射和电磁辐射。在黑暗的地下,它像发光的流星般一闪而逝,向更深处飞速下坠。十分钟后,金箍棒穿透了地壳层,进入了由可塑性岩层构成的地幔之中。

"靠!我不玩了!"唐僧突然大声喊道。缺氧让他脸色发白,呼吸急促。他探着手向腰间摸索着——那里应该有一个红色的按钮,上面用半透明的字样写着"退出游戏"。可是片刻后,他的手颤抖了起来,脸色更显苍白。

"白痴!"八戒在心里骂了一句,退出按钮变灰了——他几分钟之前就发现了这一点。相信那只猴子也察觉到了,因为那家伙似乎小声嘟哝了一句"睡美人"。

那是一种最近流行起来的电脑病毒,作用是使全息游戏的玩家无法自主退出游戏。有新闻报道,至少已经发现了十几名玩家相继在游戏槽里身亡,据说就是这种病毒造成的后果。

悟空还是一动不动地盯着地下。八戒终于忍不住问道:"死猴子,你到底在干吗?"

"还记得这个游戏的宣传语吗?"悟空终于开口道,"创造最真实的西游世界!"

"嗯,那又怎样?"

"这个游戏的魅力在于,除了那些根据原著设定的法术以外,这里的一切都符合真实世界的物理定律。为了达到这样的要求,他们甚至组建了一个由几千名顶尖科学家组成的团队,来为他们打造游戏的物理引擎。"

"我问的是——你在干吗呢?"

"我在创造一个黑洞。"悟空的声音变得尖锐起来,"一个有质量的物体,体积不断变小,最后会怎么样?"

八戒愣住了,忽然间恍然大悟,脸上露出了一抹喜色。沙僧还是皱着眉头,似乎没明白这其中的意义。唐僧突然间冒出一句:"黑洞是什么?"

悟空没有理他,继续说道:"我估算了一下,金箍棒的史瓦西半径大概在0.1纳米这个量级。"

"现在是多少了?"

"快了!"

再小……再小……再小!

在某个瞬间,位于地幔中的金箍棒突然消失了。所有的热辐射和电磁辐射都消失了。一个足以扭曲时空的致密小点,出现在服务器的处理队列中。

为了模拟这个奇异点与周围物质的相互作用,游戏的物理引擎开始从经典力学算法转向基于广义相对论的数值算法。这一理论与生俱来的数学复杂性,以及把它们转换为数值算法的极端困难性，使得整个服务器的计算资源开始飞速向这个节点集中。即使如此，庞大的内存还是很快就出现了溢出的征兆。算法本身的不稳定性更是让计算举步维艰：几乎每循环几次，就会遇上分母为零或者其他无法处理的数学状况。

异常很快出现了：周围的环境中开始出现噪点，画面的渲染效果越来越粗糙，甚至出现了肉眼可见的像素点。

"准备！"悟空抬起头来，向四周看了看，"服务器崩溃的瞬间，我们应该会自动弹出游戏。"

空间开始震荡，刺耳的声音在四周不停回响。

一道白光闪过！一切归于平静。

悟空从游戏槽里爬起来时，蓝色的第二个太阳正悬挂在天的正中央。

他揉了揉眼睛，不敢相信地看着四周：沙漠，灰霾，污水，以及堆积成山的废弃物。

这是哪里？他茫然地摸了摸自己的头。良久之后，一些零碎的记忆慢慢从脑海中泛起——战争、毁灭、毒品、虚拟机。

这里不是地球。

"我被彻底弹了出来！"他苦笑着叹了口气。

他走到能量柱前面查看了一下剩余的储备。夹杂着沙砾的风不停打在脸上，令他几乎睁不开眼。

他很快就再次缩进虚拟机，扣上了卡槽。在闭上眼睛的前一瞬间，他熟练地按下了那个写着"地球"的虚拟按钮。

微科普·神奇黑洞在哪里？

● 吕默默 / 文

天气晴朗的夜晚，银河如翻倒的牛奶肆意流淌在天际，牛郎星和织女星被隔在了两岸。如果仔细看，这些牛奶其实是无数颗眨着眼睛的星星。在地球上看到的星星，一般都是比太阳更大、质量更重的恒星。如果使用天文望远镜，我们还可以看到太阳系的一些不同颜色的行星。要想看得更远更清晰，就得依靠口径更大的望远镜或者射电望远镜、太空望远镜才能一窥究竟。但有一种天体，无论是在地球上，还是在太空，人眼都无法看到，这就是传说中的黑洞。

黑洞是什么？

运动会上，无论跳高运动员多么优秀，跳过的高度有多高，毫无例外最终都会跌回到软垫海绵上，因为地球对周围的一切有引力，包括你我。发射卫星时，需要十几层楼高的火箭，因为卫星需要火箭巨大的推力摆脱地球引力进入既定轨道。

如果一颗星球上的引力非常大，大到光都无法离开，会是个什么模样呢？早在200年前，英国的米歇尔和法国的拉普拉斯就预言了黑洞的存在。这两位科学家认为，当一颗天体的万有引力

■ *恒星的演变*

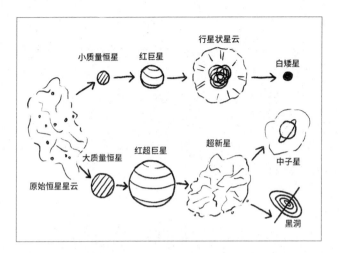

足够大,大到可以把自身发射的光给"吸"回去时,这颗星球就看不到了,变成了暗星,也就是今天我们说的黑洞。乍一听,这猜测也没问题呀,一个物体发的光出不来,当然看不到了,但反射的光呢?黑洞会吞噬周围的一切,包括摄入的光。如此,人类所有的观测设备都看不到这贪心的家伙了。

事实上,宇宙中存在的黑洞,多数是一些恒星的最终形态。质量足够大的恒星"燃料"燃尽之后,框架无法支撑自身强大的引力而发生坍塌,内部的重元素会重新被点燃,重新"长胖"。如此往返数次后,如果一颗恒星的质量足够大,强大的引力就会使得周围的空间产生扭曲,形成一个密度无比大的星体,这就是黑洞。在这颗变身后的恒星表面,包括光在内的任何物质都无法离开,任何打在恒星上的物质包括光也都无法离开。鉴于变身后的黑洞如此贪婪,科学家们至今未能直接观测到黑洞,这并不是他们不努力。

寻找黑洞

既然黑洞这家伙看不到,摸不到,距离地球又很遥远,怎么才能发现它们呢?事实上,人类至今都没能真正直接观测到任何一颗黑洞。在如今,无论是普通的光学望远镜,还是射电望远镜,都需要被动地接收光学信号或者电磁信号才能成像。但黑洞这家伙,压根儿就不发光,普通的望远镜看不到也正常。

直接观测不行,那只能用间接方法了。

弯曲光线法

"暗星"的理论提出来100多年后,爱因斯坦的广义相对论诞生了。广义相对论认为,一个大质量天体会产生强大的引力场,使周围的时空弯曲,光也不例外。在许多科幻电影中,黑洞的中间是个黑漆漆的圆洞,周边大多被一圈光亮包裹,这是因为光线在黑洞周围被弯曲了。目前,世界上的科学家正在使用更为先进的毫米波望远镜观测这一现象,已经有了一定的发现。

星星在围着谁转圈?

双人舞时肯定会有两个人,如果你只看见一个人在绕着空气不断地转圈圈是不是很奇怪?黑洞的确看不见,但如果一颗恒星符合双星系统的运动方式,另外一颗恒星却看不到,在绝大多数情况下,另一个看不见的星体就是黑洞。这同样也适用于整个银河系——天文学家猜测银河系中间存在一颗巨大的黑洞,所有的恒星都在围绕这家伙运动。使用这种"双人舞"探测法,截止到上个十年,科学家已经找到了17个黑洞备选。

贪吃的家伙

黑洞这家伙是个贪吃鬼,当遇到其他天体物质时,黑洞会不挑食地全都吞掉。当黑洞吃饭时,被撕裂的星际物质会形成一个旋转的圆盘状的东西,被称为气体吸积盘。气体吸积盘越靠近黑洞,也就旋转得越快,高速气体之间的摩擦会产生超高的热量,并且还会释放出巨量的X射线。有这一特征,发现黑洞也就不那么困难了。

北京时间2019年4月10日晚上9时(15:00 CEST),多国科研人员合作的"事件视界望远镜"(Event Horizon Telescope,简称EHT)组织,分别在全世界六座城市(比利

■世界上第一张黑洞照片

时布鲁塞尔、智利圣地亚哥、中国上海、中国台北、日本东京和美国华盛顿）同步召开新闻发布会，发布了人类历史上首张黑洞照片。照片中的"主人公"来自距地球5 500万光年的巨椭圆星系M87的中心，它拥有超过60亿个太阳的质量。

引力波法

科学圈每年都有大大小小的新发现，2016年2月的一个关于引力波的发布会早早宣告了本年度最佳的科学发现所属。当年2月11日，LSC（LIGO科学合作组织）在华盛顿召开了新闻发布会，向全世界宣布：人类有史以来第一次直接探测引力波（Gravitational waves），并且首次观测到双黑洞碰撞与并合。这之后，科学家宣称又发现了几次引力波，其中就有14光年之外双黑洞绕转的发现。这也是一种间接发现黑洞的方法，但其实也不容易，因为并不只有黑洞才会产生引力波。

综上所述，科学家在宇宙中发现黑洞的手段十分有限，都不是简单直接的方法，直接发现黑洞仍然还有很长的路要走。

制造黑洞

我们能制造出黑洞吗？

回到《小雷音寺》这篇小说，主人公利用金箍棒制造了一个微小的黑洞，在现实中这种方法可行吗？

人造黑洞，听起来很炫酷，但怎么制造呢？前文提到，当一个天体因为各种原因引起坍塌，严重收缩时，就容易诞生黑洞。

但具体要收缩到什么程度呢？德国天体物理学家卡尔·史瓦西仔细研究了广义相对论，计算出了著名的"史瓦西半径"。任何天体或者物体都存在一个临界值半径，如果收缩到这个半径，天体或者物体就会变成一个黑洞（"黑洞"这个词一直到1967年才出现，当时并不是这个名称）。举个例子，如果把太阳变成黑洞，则需要将太阳的半径收缩到3千米，那时我们再也见不到太阳了，因为光逃不出来。同理，地球也可以变成一个黑洞，只要把其半径压缩到9毫米内。任何物体收缩到史瓦西半径内，都可能变成一个黑洞，所以小说中把金箍棒变成一个黑洞，在理论上行得通。

既然理论上行得通，科学家直接造出一个黑洞，再进行观测，不就能找到黑洞这个不想见人的家伙了吗？事实上，人造黑洞要难得多。把一张纸团成一个团，压紧，看上去小了很多，但纸换成一张木板，想要再压缩木板，就要耗费不少能量了，更别说压缩铁块，甚至压缩地球了。

宏观角度无法实现人造黑洞，科学家们又打起了微黑洞的"歪主意"。德国法兰克福的物理学家霍斯特·施托克和马库斯·布莱吉提出过一个大胆的设想——利用粒子加速器使氢原子核加速后相互碰撞，使氢原子密度不断增加，最终突破史瓦西半径，形成一个微小的黑洞。这两位科学家的大胆设想，为的是解决人类的能源问题，这样做产生的能量将比普通核能反应堆的效率高1 000倍。按照这个设想，地球上最有可能诞生黑洞的地方目前在欧洲，那里有全球最大的粒子加速器——大型强子对撞机。

事实上LHC投入运行之后，科学圈一直有反对的声音，甚至有学者起诉过LHC的主管单位——欧洲核子研究中心，担心进行科学实验时产生的黑洞会把地球上的一切都吸进去,那不就是世界末日了吗?虽然已经进行的实验中,并没有出现类似的情形,但让各位读者做个选择,你会怎么选呢?

微小说·π

● 王元 / 文

题记：

比特是信息的基本单位，最基本的形式是"是"与"否"，也就是"1"和"0"。以前，计算机在晶体管中存储比特信息，而如今，我们让一个物理粒子的状态实现自旋，其输入态和输出态都是某一力学量的本征态，根据量子力学规律进行高速数学和逻辑运算、存储及处理量子信息。可以想见，运算和逻辑的提升，对于计算机从弱人工智能向强人工智能过渡会起到巨大的推动作用。我觉得，在制造量子计算机的时候，我们是在制造上帝。

——《关于"L机"的一些观点和碎片》罗隐

"L机"目标设定：

一、尽一切可能计算π值；

二、尽一切可能存储π值。

壹

我见到罗隐的时候,他正在逗一只擎着火红冠子的公鸡。因为这只公鸡,我在会晤之前对罗隐所有冠冕堂皇的猜想都轰然落地。这个全球顶尖的量子力学专家,2035年诺贝尔物理学奖获得者,并不像我想的那样生活在云端,而是结结实实地生长在土地上。

"罗教授您好——"

"嘘。"他把食指竖在唇间,比了一个让我噤声的动作。只见他全神贯注地跟那只五彩斑斓的大公鸡沟通戏耍,完全忘了他自己,也忘了我。

我就这么木木地在他身后站了半个多小时,一动不动,一言不发,如一颗枯掉叶子的老树,即使凛冽的寒风,也无法从我皴裂的树干上吹出一丝响动。等罗隐的注意力从鸡的身上转移到我这里,我的小腿都已经酸了。

"这么说,你就是那个记者了?"罗隐把我让进了会客厅的沙发里。

"是的,罗教授。"

"有什么问题,可以问了。"

我先问了几个日常问题,最后终于问到这次采访的重点:"关于'L机'的失控,您有什么看法?"

"失控?你完全搞错了,'L机'一直都在严格按照它最初被设定的指令运行。"

我目瞪口呆地盯着他,完全无法把眼下的混乱跟他所说的观点联系起来。

接下来的对话与其说是采访,不如说是问答游戏,我说一个问题,罗隐给一个答案,绝不拖泥带水,更不会临场发挥。但就是在这些问题和答案的起落之间,我逐渐看到一个可怕的末日。直到今天,我才准确地体会到了他那句结束语的真正力量。

"总而言之,好好珍惜接下来的日子吧。"他说。

贰

"L机"于十年前开始研发,罗隐正是项目负责人之一和总工程师,没有人比他更了解"L机",用他的话说就是"L机"让他体验到了母性。

这是人类历史上第一台量子计算机,用于纯粹的学术研究,比任何一台计算机的目的都要单纯,"L机"被设计出来只是为了计算 π 值。这在当时还引发了一些质疑,认为罗隐是浪费人类资源去做无用功。就和永动机在现有科学定理的限制下不可能被制造出来一样,计算一个无理数也不会有什么实际或者说对人类利益有价值的反馈。这个问题我也在那次采访中问到了。

"相对论不一样是无用功?科技发展到今天,都是那些在当时看来毫无用处的研究所带来的成果。"

"关于'L机'的失控,您有什么看法?"我问道。这绝对是个敏感的问题,也是我不得不揭的伤疤。

"失控?你完全搞错了,'L机'一直都在严格按照它最初被设定的指令运行。"

"但是,我们都看到了,原先位于清华大学的'L机'消失了,没人知道它现在在哪里,还在不在中国,或者是在太平洋一个孤岛上,甚至有人猜测它已经把自己发射到月球背面。总之,'L机'脱离了人类控制,外界传言'L机'已经是强人工智能。如果是这样的话,那么无疑是人类文明史的一次飞跃。但从目前的情况来看,人们对强人工智的恐惧似乎多于期待。"

"你只要相信,'L机'所做的一切都是为了计算和存储 π 值,正如它当初被设计出来一样。机器不是人类,不要用拟人的想法去思考它的行为。"

叁

设想一下,在X和Y的坐标轴里,有一条平缓上升的函数曲线,然后突然之间,平缓的曲线被拉伸,如同倒挂的瀑布一样。这就是我想要说的我对于"L机"的事态的感受。

对罗隐教授的采访经过整理发在我们的杂志上,很多读者通过各种渠道向我们表达了对罗隐教授的"问候",并要求我们转达,这其中比较善意的说法是"他这个疯子",不甚友好的会说"他这个魔鬼"。这之后两个月,一切似乎已经平息,人们就像当初遗忘了马航一样,不再关注下落不明的"L机"。归根结底,这只不过是客户端推送的一则新闻,是跟同事在茶水间的一点谈资而已。

人们总是健忘的,但机器不会。

两个月后的一天,几乎是瞬间,地球上所有的建筑开始分解,首先是屋顶,然后是墙壁,最后是地板,屋里的陈设也被擦去。所有人都惊呆了,完全不知道发生了什么。而我,想起了对罗隐的那次采访。

"我不知道接下来会发生什么,但是根据加速回报定律,人工智能的自我递归进化,最终,会发生智能爆炸。只是我们谁也没有想到,一切会来得这么快。它已经开始行动了。脱离人类视线和束缚是第一步,然后谁知道会发生什么? 它会为了计算 π 值做出任何事情，整个地球都会变成它存储π值的一块硬盘，然后是银河系，最后是整个宇宙，每一个原子都会成为一个数字。总而言之，好好珍惜接下来的日子吧。"

微科普·π 与末日

● 吕默默 / 文

π在日常学习和生活中一般指的是圆周率，大多数朋友都能背上来几位，3.141 5……但圆周率跟宇航、末日有什么关系？这不过是一个无理数，一个无限不循环小数啊？π还真能跟今天的万物都扯上关系！

何为 π

π是圆周率，为圆的周长与其直径的比值，在18世纪中后期之后一般用希腊字母π指代，有时候也写成"pi"。它是一个无理数，是一个无限不循环小数，不能用分数完全表示出来。它的数字序列一般被认为是随机分布的，没有任何规律。

π 的历史

人类对π的研究，从数千年前就已经开始。

最早有记载的对圆周率的计算行为在古埃及和古巴比伦已经出现，两个估算的数值都与圆周率的正确数值相差不到百分之一。在一块出土于古巴比伦的、大约公元前1900年到前1600年的泥板上写的几何学描述，暗示了人们当时把圆周率视为25/8（等于3.125）。撰写于公元前1650年，世界上最古老的数学著作，埃及《莱茵德数学纸草书》上，有用于计算圆面积的公式的记载，公式中圆周率等于分数16/9的平方，约等于3.160 5。

历史上有记载的、真正意义上对π值进行科学计算的是古希腊哲学家、科学家阿基米德。公元前240年，他在自己的论文《圆的度量》中记载了一个方法：从一个单位圆开始，先用内接正六边形求出圆周率的下限为3，再用外接正六边形借助勾股定理求出圆周率的上限小于4。这之后换成正十二边形，把之前的计算再来一次，计算出圆周率的上下界限。如此进行到内接正九十六边形和外接正九十六边形后，阿基米德最终得到了圆周率的上限是223/71，下限是22/7，并取得了它们的平均值3.141 851的近似值。如此利用迭代算法和两侧数值逼近的概念，阿基米德开创了人类历史上通过理论计算圆周率近似值的先河，这也是圆周率符号π来自希腊的原因之一。

聊到这里，各位朋友可能会提到另外一个中国人——祖冲之。祖冲之是中国历史上稀有的、以科学贡献在历史上留下记载的科学家，并且也是唯一一个在世界历史上将π值记录维持了千年之久的学者。公元480年，他利用割圆术计算正一万二千二百八十八边形的边长得到π≈355/113，其数值为3.141 592 920。这在

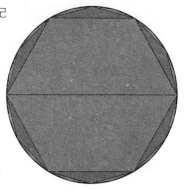

■ 割圆术原理

当时是不可想象的任务，每进行一步都要把许多算筹进行加、减、乘、除、开方、平方等11个步骤的同一运算程序反复进行12次，每次都是对9位数进行的计算。也难怪，如此巨大、复杂的计算工程在之后的数千年也无人超越。

但π也没跟宇航扯上关系啊？

不不不，π跟万物都有关系。比如钢镚是个圆饼状的金属，这东西制作工艺虽然简单，但离不开圆形的模具。重要的不是模具，而是"圆形"二字。怎么才能做出一个标准的圆呢？用圆规？然后呢？不需要计算吗？计算的时候π取小数点后边几

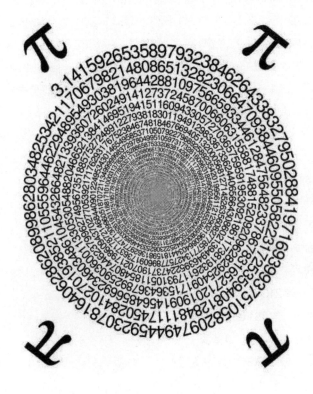

■ π的概念图

位呢？

越精密的仪器元件，计算用的π值就越精确。例如通常用的锅碗瓢勺里的圆形，计算也就用到3.14足矣。在设计机械图时，圆周运动和圆弧运动会用到角度秒，经过计算一般用到3.141 593就可以了，再往后的精度差距就很小了，并没有必要。

再来说计算机，用编程中的C语言为例，基本取到小数点后7位也够了。这么说来祖冲之前辈的计算精度已经足够我们用了吗？的确是这样，至少日常生活中足够了。

那π与宇航的关系呢？这个精度就必须高一些了。但要高到哪里去呢？

笔者查到一则有趣的小论文，作者是美国NASA喷气动力实验室工作人员，他回答了网上的一个问题："在NASA的所有设计计算中，π的精度要达到多少呢？是只用3.14来做近似计算还是说会精确到下面这样？

"3.141 592 653 589 793 238 462 643 383 279 502 884 197 169 399 375 105 820 974 944 592 307 816 406 286 208 998 628 034 825 342 117 067 982 148 086 513 282 306 647 093 844 609 550 582 231 725 359 408 128 481 117 450 284 102 701 938 521 105 559 644 622 948 954 930 381 964 428 810 975 665 933 446 128 475 648 233 786 783 165 271 201 909 145 648 566 923 460 348 610 454 326 648 213 393 607 260 249 141 273 724 587 006 606 315 588 174 881 520 920 962 829 254 091 715 364 367 892 590 360。"

NASA的工作人员回答说：对于航空航天领域的最

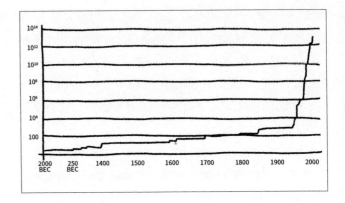

■ 当数学家发现新的算法、电脑变得普及后，π的精确度一直在提高

高精度的计算——比如用于行星际导航来说，我们使用3.141 592 653 589 793就足够了。我们仔细考虑下，为什么不再多几位小数呢？我想你们也能看出来，即使再往后精确，科学家们算出来的结果也没有多少实际上的物理意义了。

真的没有意义了吗？这位工作人员也做了相应的计算，目前距离地球最遥远的飞行器是旅行者1号，距离地球超过200多亿千米。假设它的轨道就是半径200亿千米，计算这个圆轨道的周长，2乘以半径乘以π。π取小数点后15位的小数近似值，代入计算周长的公式后，与π值再多算一位，误差也不超过4厘米。这是什么概念呢？将近1 300亿千米的轨道误差只有4厘米了，再往后算已经没有什么必要。

如果拿π来算宇宙的尺度呢？如果宇宙半径约为460亿光年，算出来这个周长，误差要小于一个氢原子的话，圆周率只需要取小数点后40位的小数近似值即可。对于这样巨大的宇宙，误差只有一个氢原子的计算，只需要如此不够"精确"的π值？是的，你没看错！

换句话说，全宇宙正常计算用到小数点后40位的π值就可以了。所以呢，这个π值算得太精确，对于实际应用来说已经没有什么必要了。

但事实上，计算π值，很多人和"计算机"并没有收手的意思。

进入20世纪之后，计算π值相对容易很多，1958年1月20日，IMB704电子计算机将圆周率计算到了1万位。此后，随着计算机不断地更新换代，2011年利用计算机推算出圆周率小数点后10万亿位之多，打破了当时的吉尼斯世界纪录。截至2015年，π的十进制精度已经高达10的13次方位。这大概只是想测试计算机的计算能力？

π 与末日

提到π笔者就有点刹不住车了，我们回归正题。在这篇名为《π》的小说中，超级计算机开始计算π的数值，以至于可能要毁灭人类，但事实上可能吗？回答这一问题之前，就不得不提冯·诺依曼机器人。

在20世纪40年代晚期，冯·诺依曼在一次研讨班上做的演讲中，提出了一个问题："机器要怎样才可以自我复制？"他认为任何能自我繁殖的系统，都应该同时具备两个基本功能。第一，能够构建某一个组成元素和结构与自己一致的下一代；第二，他需要能够将对自身的描述传递下去。如此，找到合适的材料，有足够的能量供给，就可以产生下一代机器人。这是不是很像人类的DNA的运作方式？虽然科学家至今都没有设计出相似的、能够真正完整复制的机器，但如果有朝一日，超级智能觉醒，利用这个最底层、与DNA运作方式相似的模式来制造自己,并算出只属于自己生命形式的DNA遗传规则,你猜这个世界会不会有危险呢?

我们继续来开脑洞,倘若上边提到的这超级智能是个认死理儿的家伙,凑巧对人类数学里的一些无限不循环小数产生兴趣,今天来开个 $\sqrt{2}$,明天算个黄金分割率,大后天计算 π 值。如此,终有一天它的计算能力会不足,这家伙再制造出自己的下一代,再联机进行更大规模的计算,这并不困难。因为,你瞧,刚才我们把必要的条件都理清楚了,实际上并没有太大的困难。人类进入21世纪之后,面对的一大困境是什么?能源啊!化石能源迟早都会用完,新的代替能源大都不够成熟,如果加上这群计算 π 值的"傻根"超级智能,留给人类的时间就不多了。

综上, π 与末日还真搭得上关系!《 π 》这篇小说从设定上,在未来是有可能成真的,所以在那之前,我们需要设计一款断电迅速的插座了。

微小说·诺亚号

● 康乃馨 / 文

"不,那些是种子,绝对不能动!"我拍着桌子站了起来。

马克西姆也站起来,直冲到我面前,几乎与我脸贴着脸。

"种子?那也得有地方种才可以啊?醒醒吧总指挥,想让我们都活下去,就把能吃的东西都拿出来!"

我盯了他一会儿,慢慢坐了下来。是啊,这不毛之地,种子种下去根本不发芽。高级会议已经开过很多次了,我已经无力反驳他们。我也知道,已经有人从弹药库偷过枪,如果我再坚持下去,我将失去总指挥的位子,而那将是整个人类、整个文明史上的灾难。

"那就从那些动物开始吧。"

我听到了熟悉的声音,急忙转过了头,惊讶地看着小张。他是我的副手,现在连他都动摇了。

"只能这样了,这个破星球上的原生植物全都有一种苦涩难咽的味道,这里的纤维我们根本无法消化,倒是那几头饿急的牛吃得不错。如果总指挥执意要保留那些没用的种子,我们只能从那些动物开始了。"小张激动地说着。我感觉他已经用尽了全身的力气,他也两天没吃东西了。

我早知道会有这一天,无力地点了点头。一年以前,我们从地球逃到了这里,那时地球正在经历一场巨大的自然灾难。我组建了诺亚号,带着幸存的几千人和准备好的所有动物和农作物种子,逃到了科学家认为最适宜人类生存的这个破星球上。可是到这儿的第一天我就知道我们错了,因为这里根本不适合人类生活。这里的植物我们无法消化,种子根本不会在这里的土地上发芽,我们的食物很快消耗光了,又没有任何能源去找到另一个合适的星球,其实我也不相信有这样的星球存在。

"好吧。"

我终于下定了决心,点了点头。

"那我们从哪种动物开始呢?"

"当然是猪啊,看那几十头猪多壮啊,我们多久没吃猪肉了。"

"不,我觉得应该从牛开始。"

他们就这样争论着,我明显感觉到气氛比刚刚欢快了许多。我抬头看向窗外那片"森林",我们已经有几百人死在那里,我们别无选择。为了生命的延续,我们来到了这里,但宇宙马上让我们明白了它的力量,这里竟然只有一种奇怪的、不能吃的植物,没有任何动物。我知道接下来的结果,我们带来的动物够我们吃几个月?两个月?接下来就会是那些种子,那更少得可怜。再接下来就只剩下人吃人了,或者这会来得比我想的更早些。

我下定了决心,然后使劲拍了拍桌子,让大家都安静了下来。

"但是有一个条件,在我们还能保持人性的时候,让我们把规矩定一下,枪支武器全部上交,送到飞船上,我们需要公平。至于先吃哪些动物,我们还是应该从最无用的物种开始,在科学家想出办法之前,我们要给以后留下哪怕一丝的机会。"

大家开始欢呼雀跃,会议马上就结束了,消息马上在人群中传遍了，大家都在期盼着明天的到来。

我只身一人，带着所有的武器回到了诺亚号上。我一个人坐在驾驶舱，望着围坐在"森林"边的饥饿的人们，然后重重地按下了一个按钮。

顷刻间，所有的动物跑出了牢笼，那些猪和牛当然是最慢的，跑在最前面的，是十几头饿急的老虎和狮子。人群开始混乱起来，各种动物和人类的尖叫声响了起来，远远看去，就像是一场动物集会，它们正在碾压人群，人们开始跑入"森林"。我不想看到这一切，闭上了眼睛，然后拿起了一把枪，指向了自己的脑袋。

我不知道接下来几天的结果，我只想让所有"动物"进行一场公平的竞争，这里的"动物"包括人类，最后留下来的，当然应该是最强的适应者，它们才最有资格生存下去，而不是在自然面前显得最无用的人类，自然法则就是这样的。

因为我知道，我们要延续的，不是人类，是生命。

微科普·宇宙播种

● 吕默默 / 文

小说《诺亚号》讲述了人类终于找到了适合生存的地外行星，降落后准备扎根此地，并开始改造星球时，发现这里有些问题。寻找适宜人类居住的第二地球，一直都是科学家的梦想之一。但事实上寻找第二地球真的很艰难。

星光太刺眼，行星看不见

宇宙浩瀚无垠，按照后面《计算中的外星人》中的计算方式，整个宇宙仅仅是适宜人类生命诞生的星球就超过数十亿，这还不包括有可能诞生在更恶劣环境的外星生物。想要实现人类在宇宙中播种，首先要寻找的是类地行星。太靠近的恒星肯定不行，会被烧死。只是类地行星还不行，必须处于宜居带，平均温度适宜、有水和空气、阳光充足。但别提宜居带的行星了，就连大如木星的行星，更多的时候用光学望远镜都看不见。

不知各位听过一首叫作《夜空中最亮的星》的歌吗？当我们仰望夜空的时候，看到的闪闪发亮的星大都是恒星，天狼星就是这其中最亮的几颗之一。天狼星周围放射着光芒，这是由于大气扭曲了光线造成的。也许你还发现，天狼星后边还有一颗小星星，这该不会是围绕着它运行的行星吧？甚至它还围绕着天狼星每40年环绕一圈。但这真不是一颗行星，而是天狼星的伴星，距离它还有几光年，是一颗与天狼星相互缠绕旋转的恒星。在这样的观测条件下，即使天狼星有行星，在地球上也看不到。首先，行星不发光，只是反射恒星的光；其次，在如此遥远的位置，行星与恒星的距离就显得十分近了，恒星的光芒掩盖了行星，自然也就看不到了。

所以想要用光学望远镜去寻找适合播种的星球，简直就是天方夜谭。

天体测量法寻找行星

如何使用正确的方法搜寻恒星系中的行星呢？我们先聊一种比较"笨"的方法——天体测量学或者称作测天学（Astrometry）。此方法为天文学中最古老、最基础的一个分支，主要以测量恒星的位置和其他运动天体的距离和动态为主。

中学物理学讲过地球围绕太阳的公转是因为万有引力的存在，但以为只是地球围绕太阳旋转，而太阳的重心在宇宙中的位置不变那就错了。真实的情况是，地球和太阳围绕着其共同的质量重心旋转，但是由于地球和太阳的质量相差太大，只有太阳的1/330 000，这个共同质量重心在太阳的内部。如此从远处观测就跟太阳不动，而是地球单方面围绕太阳旋转似的。但从理论上讲，太阳也在围绕着地球和太阳的共同质量重心抖动，虽然幅度很小很小，但总是可以观测到的。利用这个原理，倘若发现宇宙中的某颗恒星在如此抖动着，恭喜你，你可能找到了至少带有一颗行星的恒星系。

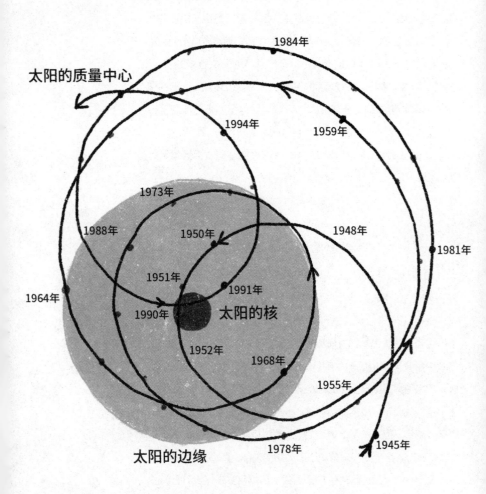

■ 太阳系的质量中心运动相对于太阳的位置

原理简单易懂，剩下的就是计算和观测的问题，但是那些恒星距离我们地球动辄就几十光年、几百光年，甚至几万、几亿光年，用望远镜观测这颗恒星是否在抖动实在是困难，而且十分枯燥，加之在地球上由于大气层和地球自转的影响，更难测量准确，所以直到现在用这一方法找到的被大家认可的行星还十分稀少，但是科学家又发现了另一种比较简单的方法。

径向速度搜星法

可能有些朋友知道多普勒效应，这个效应解释起来很抽象，举个例子，当光向我们飞速靠近的时候，我们接收到光线的频率增加，即移向光谱的蓝端，称为蓝移；当光远离我们的时候，我们接收到的光线的频率则会减少，即移向光谱的红端，称为红移。下面我们就用多普勒效应来搜寻地外行星。

还是拿地球和太阳举例，这两者有个共同质量重心，它们就围着这个质量中心不停地你绕我、我绕你地旋转着。用上文我们提到的方法来计算和观测恒星的位置变化是十分困难和枯燥的，以至于出了很多错误。如果这方法和多普勒效应相结合，再加上

■ 观察行星的方法之一。行星在经过恒星时，天文望远镜观察到的恒星光会发生变化，产生光变曲线。科学家以此反推行星的存在和其质量、轨迹等信息

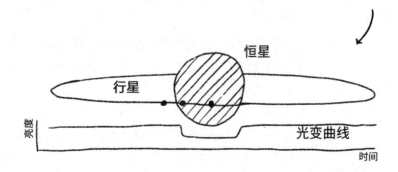

一个超级灵敏的光谱仪会变得怎么样呢？答案是非常可行！

如果你看到一个人在你不远处绕着一个圆心运动，那么这个人和你的距离是变化的，时而靠近时而远离，在坐标系中是一种曲线函数。同样当恒星位置出现微小的变化，也就是说恒星在围绕不是自身重心的一个点旋转，同时身边又没有其他恒星干扰，当这颗恒星围绕质量重心旋转远离我们观测的这一方向，或者靠近这一方向的时候，就会发生微小的红移和蓝移，如果我们的光谱仪足够灵敏，就会捕捉到这一变化，旁边还没有其他恒星，那就八九不离十了。

怎么样，这个方法是不是相对简单一些？精准度上比检测恒星的极为细小的位置变化高很多，而且不受地球大气的影响，这样就大大加快了人类发现遥远星系中行星的速度。这方法被总结出来之后，科学家综合所有造出了高精度径向速度行星搜索器（High Accuracy Radialvelocity Planet Searcher，HARPS，或译作高精度视向速度行星搜索器）。随着这一观测利器的普及，从20世纪末开始，科学家们相继发现了其他星系中的许多行星。

截至2009年10月，欧洲南方天文台公布HARPS再发现32颗系外行星，至此总共有75颗系外行星是首先被HARPS观测到的。

此后还诞生了各种搜星法，例如脉冲星计时法、凌日法和重力微透镜法等。2015年1月6日，美国国家航空航天局宣布由开普勒太空望远镜发现第1 000个被确认的系外行星。三个新确认的系外行星被发现在适居带内。2016年8月，天文学家宣布发现一颗系外类地行星——比邻星b，恰好位于红矮星比邻星的宜居带（我们在前文中提到过这颗行星，一半星球拥有阳光无时无刻的陪伴,另一半永陷黑暗),是目前已知距太阳系最近的系外行星,只有不到4.3光年,也是已知距离最近的适居带内系外行星。

距离是个大问题

人类的飞行器太慢了,笔者不禁又要老生常谈了。哪怕人造飞船能达到光速的百分之一,飞到比邻星b也需要400多年。也许你觉得这也太久了吧。但事实上人类如今飞得最远的人造飞行器旅行者1号的速度才不到17千米/秒,这有多慢呢?旅行者1号预计在300年内抵达理论中的奥尔特云,这是科学家预测中的一个围绕太阳系、主要由冰微行星组成的球体云团,距离太阳最近为2 000~5 000个天文单位,最远约为10万个天文单位(约两光年),约为太阳系到比邻星距离的一半。旅行者1号完全通过

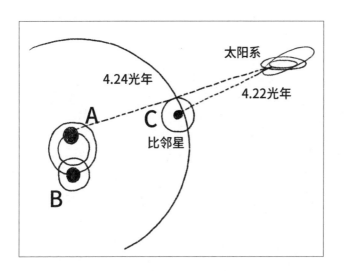

■ 太阳系距离比邻星的距离

奥尔特云需要3万多年的时间。倘若旅行者1号正好是飞往4.2光年之外的比邻星b，需要大约7万年的时间。

想实现人类在宇宙中播种，首先得寻找合适的星球，其次得改造我们的飞船，至少能达到光速的1/10，才可能在一个正常人类的有生之年到达距离太阳系最近的行星。这一切都寄希望于人类科技的巨大进步，靠你们了！

微小说·二次降临

● 吴擦 / 文

1

他们又来了,电视每个频道都在报道这件事。

但对于鲍勃来说,只要天不塌下来压坏他家的屋子,外星人来了爱咋整咋整。

鲍勃今天心情不好,他听说隔壁镇的多萝西被镇长那个傻儿子娶了。但鲍勃胸闷也没辙,谁让镇长家的条件比他家好。人家有三层的小楼,满满一车新家具电器都是从镇上的家乐福买的。

"二娃,吃饭了。"他娘又喊了。

鲍勃没理,自个儿在炕上躺着。倒是他瘸腿的哥哥约翰早就拿起大海碗哧溜哧溜吃起来。

"起来吃饭,一会儿还得下地。"史密斯老汉直接把被子给掀了。

冷得直打哆嗦,鲍勃还是起来了。

鲍勃端着一碗面去屋外吃。他实在是受不了他娘的唠叨。

"死老头,都怪你没本事,二娃要是打一辈子光棍儿,那是你的错。"鲍勃他娘又数落起史密斯老汉来。

史密斯老汉一声没吭,只顾啪嗒啪嗒抽着旱烟。他想不明白了,这年头儿给儿子娶个媳妇怎么就这么难,女娃是不是都跑到城里去了？十里八乡二十来岁的姑娘一年比一年少，倒是像鲍勃这种二十五六的男娃越来越多。谁家有个还没订婚的闺女，媒人跟赶集似的往里涌。他的大儿子瘸腿，能娶上个傻姑娘也就算了，倒是这二儿子，也算是仪表堂堂天庭饱满，怎么说也得娶个像样的。可是，前阵子给鲍勃说媒的米希大嫂说多萝西家要8万彩礼的时候，史密斯老汉还是蒙了。

"要是大丫在就好了，还能换个婚什么的，你看村西头的二愣子詹姆斯哪点比得上咱家鲍勃了，还不是多亏了有个妹妹可以换婚。都怪你，死老头，当初非要把大丫送人，现在都不知道她是死是活。"提起这茬事，鲍勃他娘边骂边哭。

"现在说这些还顶个屁用。"史密斯老汉拿起锄头就往玉米地里走。

2

鲍勃吃完饭又玩起了手机，这是他前年去城里在工地上干了大半年挣的。每一个MSN群里都在讨论外星人又来了的事。

有人说外星人上回来给每一个国家都送了一项高科技。

有人说这次外星人来把澳大利亚给占领了。

还有人说这次外星人是来投资建厂的。

鲍勃不知道澳大利亚在哪里，他也不关心。

这是一个交友群，平时大家都是在玩抢红包，昨天的情人节刚过，一群单身狗谁也没心思再整那些一毛五分的乐子了。

鲍勃玩了一会儿游戏，正打得欢的时候，镇长亚历山大的名字浮现在手机屏幕上。鲍勃心里虽然有一肚子气，但到底还是接了电话。

"鲍勃，10点镇上开会，别不到哦，把你哥也叫上。"

镇长的话不敢不听，鲍勃当即搡着他哥约翰往镇公所的方向走去。

整个镇公所里里外外已经站满了人，都是跟约翰、鲍勃一般大的小伙子。

这不是镇上加油站的杰克吗，据说已经相了108次亲。

"我知道大伙年纪都不小了，谁不想着老婆孩子热炕头呀。但这娶老婆得先挣钱不是？好了，现在咱们川总给大家谋了一个好差事。等挣了大钱，娶老婆不是轻而易举的事？"

这几年镇里工作实在不好找，去大城市说的容易，快餐店端个盘子也得本科毕业。外星人来了，在澳大利亚划了一片地，正大兴土木建基地，缺的就是人才。

新上任的川总倒是新官上任三把火，一面在墨西哥建墙，一面想着劳工输出，还听说南半球那些地区女人多，这不正好解决大量大龄光棍儿没法找到对象的问题嘛。这回看国会那帮家伙还有什么话可说。

"来回路费全包，食宿全免，还每个人发一万美元的鼓励金。"

当大家从镇长口中听到这话的时候，所有人都鼓起掌来。

3

这是鲍勃第一次出国，当从运输机上下来的时候，鲍勃就看到了新闻里报道的外星飞船。巨大光滑的舰身状如舢板，稳稳当当悬停在半空中。只是外星人为什么去而复返，还投资建厂，像鲍勃这种小民就不得而知了。

说是建筑工地，但到底还是比以前的工作轻松。

每个人进行了一次体检，据说，一些近视的人经过外星人的射线一扫，就明目如初了。

很快，一栋又一栋的楼房建了起来。鲍勃并没有见到那些厂子，或者要挖矿什么的，外星人这次更像是来搞房地产的。但这些房子也没看到有人来买，倒是工人们得了便宜一人一间住了进去。

房子越来越多，外来的劳工也越来越多，单单从美国来的建筑工人就有1 000多万，从中国等亚洲国家来的有3 000多万，从非洲一些穷国来的就更多了。来的无一例外都是男人——没有正经工作找不到老婆的单身男人。据说有些人为了来到这个地方，还特意离了婚。

建筑基地的伙食异常的好，顿顿都是大鱼大肉，每天工作很清闲，有人私底下议论，外星人比那些资本家不知道要高明到哪里去了。

鲍勃长胖了，短短两个月的时间，体重竟然从80千克长到了150千克，他瘸腿的哥哥也胖了，所有人在南太平洋暖风的吹拂下，都一个个成了胖子，腆着一个个大肚子。

4

鲍勃看到了外星人。新闻中说的什么七肢桶，一派胡言，都是前凸后翘的女人。但是大家都非常友好，以前在镇上的酒吧，每次出现女人，争风吃醋打架斗殴的事情没少发生。

自从肚子变得更大之后，鲍勃就有些行动不便。但是外星人非常仁慈，他们给鲍勃放假，鲍勃每天只需要躺在床上，拿着手机撸游戏，偶尔起来走动走动。

鲍勃看到每个男人都顶着一个大肚子在运动场散步，场面非常壮观。

能胖就能瘦，外星人什么办不到？有一天，鲍勃发现同来的杰克一夜之间瘦了一大圈。询问之下，原来基地还有一个减肥中心。

鲍勃去的时候，有个外星女医生仔仔细细给他做了检查。

"时候还没到，你不算胖。"她小心翼翼拿着听诊器听着鲍勃的肚子。

直到有一天晚上，鲍勃躺在床上迷迷糊糊感觉到好像有人进门来，把他抬走。他睡得很沉，只隐隐约约记得是进了减肥中心的门。有人在给他抢救，他梦见自己的肚子就像成熟的豌豆荚一样，爆炸开来，崩了一地的豆子。那些豆子都长着脚，爬来爬去。

微科普·善恶外星人

●吕默默/文

如果有外星人降临了地球,会是一番什么景象呢?这是众多科幻电影都拍过的素材,比如充满恶意的《世界大战》里的火星人、《独立日》里的恶心外星家伙,也有《K星异客》里的善意外星人解开了很多人的心结。既然人有善恶,外星人为啥不能呢?

在之后《计算中的外星人》中,笔者分别用"土法"和科学法,分别分析了外星人存在于宇宙的可能性。本篇我们来科学地分析分析外星人造访地球的动力以及原因。

"外星人"顾名思义,即地球之外星球上的智慧生命体。目前,太阳系里的各大行星都未发现任何智慧生命体的存在。所以我们再往外扩一扩,距离地球最近的恒星系是比邻星(Proxima Centauri),是半人马座α三合星的第三颗星,依拜耳命名法也称为半人马座α星C,是距离太阳最近——4.22光年——的一颗恒星。

比邻星形成的年代,与半人马座α星A和B双星相同,约48.5亿年前,与太阳形成的年代相近。2016年8月24日,欧洲南天天文台正式宣布,在比邻星的宜居带发现了一颗行星,命名为比邻星b。这颗行星被科学家判断为类地行星,可能由岩石组成且密度与地球相当。因为它与比邻星足够近,因此可能会被潮

■ 威尔斯创作的《世界大战》插画（1906年版）

汐锁定,也就是地球与月亮的关系——一面一直对着比邻星,另一面永陷黑暗。

假设行星比邻星b上,有智慧生命诞生,首先他们克服了恶劣的生存环境——星球上一半冰冷一半酷热,这很容易形成席卷全球的巨大风暴,前提是星球上有大气。其次,这颗星球上的生命体发展出高等的智慧文明,足以进行星际旅行。最后他们还需要有足够的冬眠装置或者足够的寿命。一切就绪,如果他们发现了地球,来拜访人类,至少需要飞越4.2光年的距离。这有多远呢?以人类已经飞出太阳系的旅行者1号为例,它抵达比邻星的时间将约在7万年后。假设比邻星的外星人的速度比人类飞船的速度快10倍,它们将于7 000年后到达地球。

花了这么大的力气,总算到了地球,各位以为他们只是来打个招呼吗?

我们退一步,外星人都热爱和平,假设他们是善意的。

善意也分很多种。

很多朋友去过国外旅行,北欧、波罗的海、东南亚、南美,还有去体验野性非洲的。当我们看到野生动物的时候,第一感觉大多是它们真美啊、真有趣。有一些野生动物园还开辟了喂食区,给老虎们丢只鸡,拿叉子给鳄鱼嘴里塞块肉,但最受欢迎的莫过于喂小鹿、小羊一些萌萌的动物。倘若外星人的进化水平和科技高出地球很多,我们这里大概就是他们的"野生动物园",他们会善意地对待我们。只是这样的善意各位喜欢吗?

或者外星人是文明的使者,降临地球后,主动破译了语言,与联合国秘书长以及众多国家元首进行了亲切友好的会谈,并共同声明,将建立平等的交流环境,公平地做生意。可能有朋友会吐槽,比邻星人飞了7 000年,就为来做生意?再退一步,即使真的来做生意,万一我们需要的也是他们需要的,咋办?除非共同开发,否则只剩开战一条路。

充满了恶意的外星人?

距离地球第四近的恒星(前三接近我们的恒星都是半人马座α系统的成员)是巴纳德星,位于蛇夫座β星附近,蛇夫座66星的西北侧,距离地球仅约6光年远。巴纳德星的年龄介于70亿至120亿年之间,不仅比太阳古老,天文学家还认为它可能是银河系中最古老的恒星之一。同时它也有可能拥有一颗比木星还要

■ 一万亿个太阳的光芒:仙女座星系是离地球最近的大型旋涡星系,其内部包含超过一万亿颗恒星。这张图片中记录的光线经过250万年穿越银河系空间的空隙后结束了旅程(图片来自 Adam Evans)

大的行星。我们假设这颗比地球古老得多的星球上有外星人，因为有长久的历史，可能会有比较高等的文明。他们飞越6光年可能只需要60年。

事实上外星人不管是跨越6光年还是60光年来到地球，科技水平必然比我们高不少，而且必须要使用掉巨量的能源来推进飞船，否则人类也早走出去了。问题来了，这些外星人与人类的科技水平差距太大的话，有时候就不会在意对方的死活。无论他们怀有恶意还是无意识的恶意，地球人都消受不起。例如，笔者小时候曾经干过比较"惨无蚁道"的事情，发现一个蚂蚁窝的时候，连忙找来一桶水，来个大水漫灌。比人类文明高几个等级的外星人旅行路过地球，看到蚂蚁一般的人类，会不会做笔者刚才提到的事情呢？

恶意外星人盯上了地球的资源

刘慈欣先生的《三体》系列中，三体星人不只是看上了地球上的自然资源，还想把整个地球据为己有，只是因为他们的星球环境太过恶劣，而我们的地球距离他们最近，所以就跑来侵略。所以无论是4.2光年，还是6光年，这都不是问题，生存是最大的动力。

外星人看上的是我们的矿产资源？如果是这个原因，宇宙中到处都是宝贝，根本不需要跑地球来打仗。即使在我们的太阳系，地球上的元素也一点都不稀有，在其他太阳系的行星、小行星上也有无数资源。除非他们看上了宇宙中非常稀有的物质——有机物和蛋白质。但组成这些有机物的C、H、O、N等元素在宇宙中也不少，对于文明等级很高的外星人来说，合成蛋白质应该不是什么难事儿。除非他们看上了你我,就跟这篇《二次降临》里的外星人类似,他们大嚷道:"我要你给我生孩子!"你咋办?

外星人防御计划

如果降临地球的是恶意外星人,等待侵略者的只有枪炮了。可是面对有实力进行星际飞行的文明,还在太阳系折腾的人类如何迎战呢?

知己知彼才能百战不殆。地球人这边是什么军事水平,各位可能了解很多了,外星人那边呢?一个能进行恒星之间星际旅行的文明,最起码掌握了可控核聚变,否则只是他们携带的燃料堆起来就要有一个小星球那么大。核聚变是太阳能量产生的根本原因,也是氢弹爆炸的原理,是由两个较轻的原子核聚合为一个较重的原子核,并释放出能量的过程。这种反应在太阳上持续了约50亿年。虽然人类早已经掌握了氢弹技术,但距离可控还有相当的距离。有科学家保守估计,至少还需要500年的时间才能完全掌握可控核聚变技术。

如果外星人拥有可控核聚变技术,那就意味着他们拥有可隔绝上亿高温的技术,这个技术足以抵挡人类的任何武器,包括氢弹。同时,也说明外星人的科技至少领先我们500年以上。试想,用现在的军事装备与明朝的军队开战,我们会有任何战损吗?

倘若这世上真有外星人,他们还能到地球来,除非是善意的,否则人类科技毫无招架之力。

微小说·感受

●枫叶秋林 / 文

一、作品

头脑风暴会上，大家都在绞尽脑汁为即将到来的艺术节设计参展作品。

今年是工作室最后的机会了，如果不能在艺术节有亮眼的表现拉到赞助商的话，那等待工作室的只有解散的命运。可好作品都是可遇不可求的，强压之下大伙还是一筹莫展。

而在今天，威廉兴致勃勃地跑过来，说他想到了一个绝佳的作品方案，并拍着胸口信心满满地说，新作品带来的轰动性一定会让工作室一举成名！

全体人员都聚集在一起后，威廉给我们看了一些娱乐视频，那是一群哗众取宠的家伙，把各种数码设备放在铁水或铜水里进行测试，有iPhone，有iPad，甚至有劳力士手表。在把一切都烧毁熔化后，视频就在一群YOOOO的滚动弹幕赞叹声中结束。

"难道我们也表演烧苹果手机？"一个组员小心翼翼地问道。

"胡说，谁有闲钱做这个？我想好了，今年参展的作品就是这个……"

威廉神秘地给我们看了他的整个策划，在经过团队探讨并修正了几个细节要点后，工作室决定以威廉的策划为最终方案，进行参展作品制作。

二、蚁巢

秋天是收获的季节，也是一年中最繁忙的时刻，平原上原生收获蚁们正在抓紧时间，向着巢穴输送所能找到的所有种子，这是收获蚁们过冬的口粮，整整半年多时间，收获蚁们要躲在地下巢穴，靠现在收获的种子来度过严冬。

威廉在确定一个庞大的蚂蚁种群巢穴后，满意地点了点头，向我们招呼道：

"就是这里了，这是平原上最大的蚁巢！"

蚁巢上密密麻麻的蚂蚁在被树叶草皮遮盖住的入口爬来爬去，这些可怜的虫子可能不会想到，灭顶之灾即将到来。

我们把锅炉搬到了蚁巢旁，开始往锅炉里添加煤炭，增加锅炉的温度。待炉子内壁烧得通红后，威廉把大量的铝块放到坩埚中，然后放在火红的炉子里进行烘烤。

铝的熔点只有660摄氏度左右，不久铝块就熔化成炙热滚烫的铝水，不停地翻滚蒸腾。

"快！把它倒下去！"

待所有铝块都变成滚烫的铝水后，我们几个戴着防高温的手套，一起用大铁钳抬起了那冒着白气的坩埚，将铝液小心翼翼地朝着蚁巢的入口倒去。

在铝水碰触到蚁巢上方的草堆时，草堆很快就着了起来，入口处的蚂蚁四散奔逃，有些甚至不顾热量，想要回到蚁巢内，但这些都是徒劳的。滚烫的铝水不断地灌入蚁巢内,在倒了差不多有五升多的铝水后,蚁巢顶终于出现了溢满的现象,看来蚁巢已经被我们给灌满了。

用铝水灌蚁巢的工作算是结束了,接下来要做的就是挖出成品了。待蚁巢中的铝水凝固冷却后,我们开始了挖掘工作。

蚁巢不愧被誉为生物史上的奇迹,小小的蚂蚁竟然可以在地下挖出绵延近百米巢穴。铝水沿着蚂蚁挖出的坑道一直注到每一个巢室,待冷却凝固后,就会固定住蚁巢原来的模样,变成一个生动的蚁巢铝模型。

在吊车的帮助下,我们顺利地挖出了这个铝制蚁巢。不得不说自然是最伟大的艺术家,立体的铝制蚁巢内,大大小小的巢室被各种曲线形状的坑道连接起来。这些本来是属于地下的秘密,平常人根本就无法看到,现在它被人立体地吊挂在面前,让人震撼的同时又极具欣赏价值。

铝制蚁巢完成并运到工作室后,就进入了后期制作。按照威廉的策划,大大小小的巢室被美工组做成了孩子形状,而连接他们的坑道则变成了无数条脐带,蚁后所在的巢穴则被刻画成了一个半人半蚁的形象,全部的脐带都在母巢的中心交汇。

最后作品呈现出来的效果就是:人们看到上百个婴孩身上连着脐带,它们最终集合起来同一个半人半兽的蚁后相连,而此时一股天火从天而降。痛苦、扭曲、恐惧、疯狂、哭泣等表情在这些婴孩脸上表现出来,而蚁后则是百感交集,面对这灭顶之灾露出了无奈和挣扎的表情。

《挣扎》立体浮雕一经推出就引起轰动,其背后的制作过程和隐喻让作品充满了争议。但由于《挣扎》的深刻度超越了同期参展的其他作品,最终获得了本年度艺术节的大奖,威廉和工作室成为当年的风云话题人物。

"妈妈,那些蚂蚁不疼吗?"一个小女孩看着浮雕上那个蚁后挣扎的表情,向妈妈问道。

她的妈妈沉浸在作品要表现出的内涵意境中,并没有回答女儿的话,但她脸上的不屑已给出了答案:"谁会考虑一个蚂蚁的感受?"

三、毁灭

公元79年,在考察了数次后,飞船最终确认了制作作品的地点,那是在意大利那不勒斯附近,维苏埃火山东南脚下10千米处。

从飞船上下来了一个外星人和他的制作团队,他们要在星球周年庆功宴上,贡献出一幅具有深刻内涵的立体浮空画卷,而他来到维苏埃火山,就是为完成作品的最后一步做准备。

外星人的名字我们并不清楚,为了方便称呼,我们就叫它威廉吧。威廉确认好维苏埃火山和不远处的古城的距离参数后,开始命令他的团队激发地幔能量,以刺激维苏埃火山爆发。

庞贝古城内,人们像往常一样进行日常劳作,繁荣的城市人来人往,庞贝市场内,商人们在为每一分商品利润讨价还价;拍卖市场里,拍卖主持人正热情洋溢介绍着今日拍品,下边的竞拍者和唱价人面红耳赤地吵成一团;大型洗衣场里,妇女们正把一件件衣服放在从山上甬道引来的泉水里,清洗着一天的忧烦;而孩子们则是满世界地乱跑,有几个胆子大的钻过圆形大剧场的破洞,聚精会神地盯着正在进行的竞技表演。

可就在这时,轰天巨响从远方传来,接着遮天蔽日的火山灰夹杂着高温向着城市扑面而来。在这高达数百米的毁灭巨墙下，没有任何人可以在死神的追逐下逃脱。在这生死瞬间，人性的最后挣扎表露无遗。

母亲拉住了孩子，奋力把他拉入怀中；正在幽会的情人目露爱意，彼此相拥而泣；虔诚的信徒双手不停摩挲神像，期望自己的罪恶能得到宽恕；贪恋的商贾则紧紧抱住胸口金币，生怕有人趁火打劫，抢走他的钱财……

但很快这些万生像都凝固成了一尊深刻的浮雕，火山灰在瞬间把一切都给包裹起来，炙热的高温瞬间夺走了他们的生命，商贾、情人、母子、信徒……千千万万庞贝人在这生死时刻凝结住了，他们的脸上都带着对生前的留恋和对死后的恐惧，但在这天灾面前，他们能留下的只有这徒劳的反抗和无奈的挣扎。

"这么多作品，这个是我最满意的一幅！"

威廉满意地笑着，最新的投影扫描仪已经把这一刻给记录下来，威廉相信把它做成浮雕作品展出后，一定会引起轰动和争议话题。

"可是……"

制作团队中有人看到被凝固的母子遗像，露出了不忍之色。

"这会不会太残忍了。"

"残忍？"

威廉笑了笑，拍了拍同伴的肩膀。

"你越来越幽默了，谁会无聊地考虑蚂蚁的感受？"

微科普·计算中的外星人

● 吕默默 / 文

有古诗云"迢迢牵牛星，皎皎河汉女"，古时起人们已经对星空充满了幻想，牛郎和织女虽然是神话故事中的人物，但我们开个脑洞，这俩人是不是外星人？毕竟都能飞天，还分属银河两岸。

进入了21世纪，随着科技的飞速发展，以及天体物理理论的完善和普及，科学家很遗憾地发现，虽然望远镜们的触手已经伸到了几十亿光年之外，但仍然没有发现外星人的踪影，他们真的不存在吗？小说《感受》中的外星人可能来地球吗？本篇我们就来做个计算。

计算外星人

自17世纪初望远镜被无意中发明出来后，到今天为止，世界上大大小小的无数天文望远镜几乎时时刻刻都对准着星空。它们发现了什么吗？

根据人类用各种手段观测到的数据估算，宇宙中至少有1000亿个星系……等一下，这个计算不是在之前的内容中算过了吗？怎么又来了！

好吧，咱们这次不算全宇宙的类地行星数量和可能诞生文明的行星总数了，拿出我们的"邻居"星系来做个计算。

仙女座星系是除了麦哲伦星云之外距离银河系最近的类银河系星系，它位于仙女座的方向，所以被称为仙女座星系。

仙女座星系是本星系群最大的星系，直径约20万光年，远远看去跟银河系模样差不多。银河系可能拥有1 000~4 000亿颗恒星，仙女座星系拥有超过1万亿颗恒星，距离我们超过250万光年。

显然仙女座星系比银河系要大一些，恒星也更多一些，相对而言也更稠密一些。如果在《人类"逃离"地球奋斗史》中做的计算是正确的，那么这个星系拥有的适宜生命产生的行星将远远超过银河系，同样诞生生命的机会也更多。

事实上，在很多科幻游戏和小说中，外星人就来自仙女座星系，例如俄罗斯作家伊·安·叶弗列莫夫的小说《仙女座星云》。再比如著名的电影系列《星球大战》发生地，很多地方暗示故事背景就在遥远的仙女座星系。

望而生畏的距离

科学家推算太阳系距离银河系中心大约26 000光年，掐指一算，这相当远了。拿旅行者1号举例，它是人类飞行速度最快的飞行器，也是距离地球最遥远的人造飞行器，相对太阳的速度大约在17千米/秒。即使如此快的速度，如果飞向半人马座的比邻星，也会花掉73 600多年才能最终抵达那里。而那里仅仅距离太阳系约4.2光年。

如果造一艘与旅行者1号同样速度的飞船，且仙女座星系

"不乱动"的话，需要的飞行时间约为407亿年。可我们的宇宙的年龄至今也不过150亿年左右啊。这个距离是不是太令人绝望了？

即使仙女座星系的文明等级超过人类文明很多，可以近光速旅行，等他们收到太阳系的信息，最后来到地球，也至少需要250万年，这大概是原始人类第一次直立行走距今的时间。如此的距离除非外星人拥有虫洞技术，否则时间太久了。等对方收到人类的口信，来到地球，可能人类已经灭亡或者飞往太空了。

时间足够你撞

有没有可能，人类不用造太高级的飞船，也不用等外星人特意来地球，就能抵达仙女座星系？

当然有啊！银河系与仙女座星系同属于本星系群中的星系，

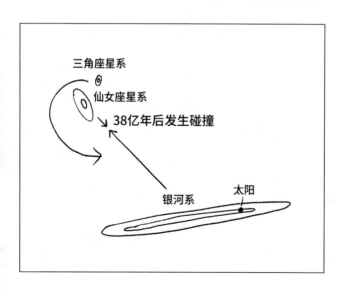

■ 银河系与仙女座星系有可能相撞，该图预示了碰撞的路径（图片来自NASA）

它们都在各自运动着,并有可能相撞。目前科学家做出的判断是,仙女座星系正在以每秒300千米的速度向银河系移动,大约30亿~40亿年后将与银河系相撞。但具体相撞之后,太阳系很可能也不会与其他恒星撞在一起,只是两个星系合并。这一过程可能会花数十亿年的时间,两个星云最终形成新的椭圆星系。

这一过程比旅行者1号的速度快多了,不用等上400多亿年,只是零头就可以了。但这相对于人类,相对于太阳、地球都过于漫长,在那时甭说地球,连太阳都不一定存在。

寻找外星人

各位朋友可能质疑笔者的权威性,那只能搬出另一位著名学者了,"整个20世纪最痴迷寻找外星人科学家"的名号非他莫属,这就是法兰克·德雷克。

这位搜寻外星人的权威所做的各种搜寻计划,在这里就不详细说了,在之前的介绍里也说了不少他的"光荣事迹",各位如果有兴趣可以翻回去看一下。现在我们仍然说他发明的德雷克方程式。当时,德雷克在著名的搜寻外星人计划——奥兹玛计划失败之后召开了首届地外文明搜寻大会,正是在这次会议上他正式提出搜寻地外文明计划概念,同时抛出了德雷克公式,具体内容如下:

$$N = N_g \times F_p \times N_e \times F_l \times F_i \times F_c \times F_L$$

翻译成我们看得懂的公式:

银河系内可能与我们通信的文明数量=银河系内恒星数目×恒星有行星的比例×每个行星系中类地行星数目×有生命进化可

居住行星比例×演化出高智生物的概率×高智生命能够进行通信的概率×科技文明持续时间在行星生命周期中占的比例

我知道这些我们之前也聊过了,但现在把这个公式套在仙女座星系的头上,做个计算,是不是比银河系得到的数据更高呢?

这看起来是不是比笔者刚才的估算和计算严谨得多啊?其实,跟与银河系计算的时候一样,因为这些公式中的因子并不十分确定,需要代入多大范围的数值也是不确定的,所以这个公式因为不同的科学家对公式中的因子数值有不同的判断,算出来的数值也同样有不小的差距。虽然千差万别,但所有科学家估算出来的仙女座星系外星人存在的数据都不低。

没有远虑,近忧先至

在《人类"逃离"地球奋斗史》中我们做过介绍,METI组织的科学家发射完阿雷西博信息后,又进行了几次发射,最早抵达目标的讯息将是宇宙的呼唤2,预计于2036年4月送达仙后座Hip 4872。

这样算来,大概只有16年的时间了嘛!如果那个区域存在外星人的话,且是比我们的文明高得多的外星人,收到信息,做准备,出发前往地球,留给人类准备的时间可能小于50年。假设,这些外星人还跟小说《感受》里视人类为蝼蚁的外星人相似,这就不是作死了吗?距离世界末日只有50年了?

这么多年来,METI组织时不时还会组织一些小规模的发射,从未停息过。

外星人的存在有不同的假设,发现地球后对人类的态度也都不相同，但有一点是肯定的，在现有光速不可超越的物理定律下，任何生命体想从另一个"太阳系"、另一个"银河系"启程去往下一个星系寻找其他文明，都需要一种巨大的勇气，因为宇宙实在太大了，这需要无数的资源和无畏的气概，才能最终成行。

可能等待飞向太空的人类的并不是那些计算出来的、宇宙里理论存在的生命体的数字，而是冷冰冰的现实——整个宇宙只有我们自己，飞越亿万光年最终抵达地球的外星人还是冷冰冰的现实。哪个最终会被证实呢？让我们期待着未来，拭目以待吧。

微小说·阿尔吉侬的启示录

● 简妮 / 文

阿尔吉侬已经连续多日未进食，他瘦成了皮包骨头，小圆眼睛布满浑浊的血丝，眼皮耷拉着，蜷缩在阴暗潮湿的洞穴里，不敢出去觅食。

他瑟瑟发抖，舔了一口洞穴壁上青苔表面的露水，暂缓了口渴。他清楚地记得，几个月前，有着一副天生好嗓子的同伴娜塔莎是怎么被人类吃掉的，他无法忘记同伴扭曲的面孔和皮肉烤焦后的滋滋声。这使他在无数个夜晚反复做同一个噩梦，他梦见娜塔莎在荒芜的草地上歌唱，一边唱一边转着圈，越转越快，他看着娜塔莎在自己面前逐渐化成了一团浅灰色的雾，娜塔莎的歌声渐渐从美妙的天籁变成了凄厉的哀号，一阵又一阵，在夜空中旋转，像是从地狱深处传来，痛彻心扉。凌晨时分，他常常在梦中听到哀号声的时候突然惊醒过来，泪流满面，独自傻傻地望着漆黑的洞穴顶部，直至月亮隐去，太阳升起。

娜塔莎腿部受伤，跑不快，当阿尔吉侬一溜烟跑出老远再回头张望的时候，她已经很不幸地落在人类手里了。他悄悄折返回去，躲在近处。那些天杀的野蛮人，大约五六个左右，把奄奄一息的娜塔莎用一根粗砺的木棍穿起来，围坐成一圈，摆上各种调味料，手舞足蹈地庆祝这来之不易的"美味"。

阿尔吉侬当时便觉得胃部一阵阵恶心，翻腾着酸水，他忍不住吐了。他看到娜塔莎无力地挣扎着,眼睛里流露出深深的恐惧和绝望,他无法确定娜塔莎有没有看见躲在阴影处的自己。但很快,当她的小身体散发出诱人香味的时候,她便感受不到更多的痛苦了。阿尔吉侬一动不动地蹲在角落,睁大了眼睛,亲眼看着那些野蛮人烧焦了同伴的皮,灰色的皮肉滋滋地响,他们把它撕扯下来,烤熟的肉散发出一阵阵诱人的香味,甚至飘到了自己的鼻子里。野蛮人的首领给每人分了一小块肉——娜塔莎的肉,也许还有她的喉管。他们蘸上调料,吃得津津有味,抹了一嘴的油。娜塔莎死的时候睁圆了眼瞪着天空,那副灵动的歌喉,永远消失了。

阿尔吉侬闭上眼,条件反射地咽了一下口水,把鼻子深埋到土里,他拒绝闻到同伴的肉香味,竭尽全力地转移注意力不去回想这恐怖的末日场景。

曾经的人类不是这样的,至少阿尔吉侬的父辈口中的人类不是这样的野蛮人。爷爷常常用带着敬意的口吻谈起人类,阿尔吉侬还记得爷爷讲话时长长的白胡须随着呼吸上下颤动的样子。

"阿尔吉侬,人类是万物之灵,是值得尊敬和学习的,我的祖父跟我说过,人类的DNA里携带着难得的造物天性。他们能制造有着高度发达智能的机器,也能把火箭发射到5 000千米之外的火星,还可以对活细胞里的每一个分子进行编辑……而我们,同样很重要,我们的身体内携带着整个人类文明复兴的火种!"

阿尔吉侬的小脑袋瓜那时还理解不了爷爷说的最后一句话,他记得自己那时低头敲了敲胀鼓鼓的肚子,又举起前爪在石头上使劲摩擦了几下,没发现发光的火种。

父辈眼里的人类和眼前茹毛饮血的野蛮人差异巨大。对于实验室里的动物，比如和自己一样的鼠类，曾经的人类也是尽可能善待他们的，给他们提供了宽敞舒适的居住空间。至于患病的鼠类，人类也给他们提供了基于人道主义的安乐死。阿尔吉侬曾曾曾爷爷那一辈和人类和谐共处，度过了愉快的一生。

人类自身也未曾料到，末日来得如此之快。在一个起风的秋天，一种专门针对人类基因的病毒占领了地球，其他动物不受影响。感染病毒后起初的症状和感冒有点像，不断地咳嗽、流鼻涕，接着是发高烧，最终受感染的人会在全身酸疼、忽冷忽热的折磨中死去。病毒通过空气传播，还不到半年，人类便濒临灭绝，仅有极少数人凭基因变异才得以幸存下来。

阿尔吉侬的父亲告诉他，末日来临之际，实验室里绝大多数人都被感染了。一群穿白大褂的技术人员忍着剧痛，一边咳嗽着，一边将整个人类文明的兴衰史压缩封装好，写入了阿尔吉侬的曾曾曾爷爷的基因里。鼠类的繁殖能力很强，人类期待通过这种特殊的方式把文明的种子保留下去，被幸存下来的后世子孙解码读取。

谁知仅仅过了数百年的时间，人类文明便急剧衰退，科学技术失传，能源耗尽，地球上到处都是水泥废墟。人类的幸存者——即那些基因变异者，已倒退回茹毛饮血的生活，他们的学识连一只实验室老鼠的后代都不如，更遑论懂得读取基因信息的技术。地面上能吃的东西都被搜刮光了，他们只剩下最基本的动物本能，眼睛里闪着饿极了的贪婪红光，开始追逐原野上大大小小的鼠类，毕竟鼠肉也是富含动物蛋白、能迅速补充能量的一种食物。

阿尔吉侬的小脑袋还记得，从曾曾曾爷爷那辈流传下来的家族故事,父亲也常常在他面前提醒:"阿尔吉侬,你的长寿基因也是得益于人类,比其他的小伙伴足足多出好几十年的寿命。你要永远记得,你背负着特殊的使命,基因里保存着整部辉煌的人类文明史,这是我们家族的骄傲。"

可现在,阿尔吉侬脑袋里燃起的是熊熊怒火,只觉得那不是骄傲,而是莫大的耻辱。人类什么都吃,不仅吃老鼠,还吃自己的同类。而自己的基因里竟然有帮助他们恢复文明的所有资料,曾经的骄傲成了一种抹不掉的耻辱。

那些野蛮人围着篝火架吃完鼠肉散去了。阿尔吉侬从阴影里钻出,捡回娜塔莎的几块骨头,刨了一个坑,含着眼泪把她埋了,坟上插着一朵黄色的小雏菊。阿尔吉侬动作很轻,他心里默念着娜塔莎的名字,发誓不让自己被这些野蛮人逮住。

斗转星移,山河易主,人类文明终于消失殆尽,深海里原本默默无闻的鲸发展出高度发达的智慧,逐渐进化为地球新的统治者。

鲸类炸掉了一大片陆地,扩大了海岸线,建立了庞大的通信网络,构建起新的海洋秩序。他们的先驱探险队伍登上陆地,捕捉各种陆地动物标本,由于人类早已灭绝,他们只捕获到了一只小老鼠和一些别的动物。

陆地上的动物标本被送到鲸类实验室后,一位年轻的鲸类科学家意外地读取到小老鼠的DNA片段里竟附着了整个史前人类的文明史。当这次意外发现被敏锐的记者捕捉到,继而被鲸类的媒体大肆报道以后,年轻的科学家一夜成名。他成功申请到一大笔经费,组建起一个团队专门研究阿尔吉侬的DNA片段。随着研究的逐渐深入,他发现这是一个巨大的信息宝库,任意攫取一小块,都是鲸类族群世代用不尽的宝藏。年轻的科学家带领着团队成员夜以继日地深入挖掘最新发现的信息宝库，不断获得惊喜。鲸类文明得以飞速发展，他们不再受困于海洋，一部分鲸甚至从海洋永久迁居到陆地，鲸类终于成了海洋和陆地两地的主宰。

鲸类的一位音乐家——21.6赫兹，由于灵感枯竭，已经沉寂多年未发布过新作品，受到阿尔吉侬事件的启发后，他仅一个晚上便谱出了一首交响乐，名叫《阿尔吉侬的启示录》，用以记录这段科技大爆炸前的重大发现。该乐曲出人意料地，短短数日便成了畅销曲目，迅速风靡整个鲸的国度。在南岛的海岸线，在北冰洋，在大西洋，都能听到不同种类的鲸群用美妙的嗓音在颂唱着这曲天籁之音。

听！在一个天然岩洞音乐厅里，鲸类的皇家乐队正在奏响《阿尔吉侬的启示录》。前奏干净、明澈，犹如不施粉黛的东方佳人。海浪的声音被作为一种背景，淡然而舒缓，令听者能感受到在清风朗月中遨游的美妙和惬意。甜蜜而又略带忧伤的低鸣声反复地诉说着，偶尔会有一两个高音，如焰火划破黑夜的宁静。海螺声出现的时候，舒缓的节奏突然变得急促，长笛高调而又内敛地引领着旋律，拉长的音符终于开始蜿蜒而上进入波澜壮阔的核心。听众仿佛一下子被带到了山巅，眼前开始出现日升月落、沧海桑田的交替幻景，痛苦、欢乐在心中同时产生。随着一阵密集的鼓点声响起，音乐戛然而止，一切情绪消逝殆尽……

在无声的黑暗中，三维影像被点亮，那原本是一团旋转着的浅灰色的雾，在漆黑岩石背景下速度逐渐减慢，逐渐变得清晰！一只雌性老鼠的影像显现出来，被鲸群簇拥着。

掌声雷动！阿尔吉侬的后代们端坐在贵宾席上，他们隐隐觉得这个同类似曾相识。

微科普·存储！存储？

● 吕默默 / 文

小时候，爸爸妈妈带着我玩过一种叫时间胶囊的东西，是一个多层、密封、防水的圆形盒子，用于储存一些资料和物品，埋在特定的位置，留给未来的自己或者家人。

其实这东西最开始并不是玩具，是一种比较严肃的存储工具。时间胶囊又叫时间囊，其概念并不是近代才出现。人类最早期的文学代表作——吉尔伽美什史诗，在开篇曾记述如何在乌鲁克长城的基石中找出一箱铜币的方法，而那个箱子里有一块写有吉尔伽美什传说的石碑。这正是一个时间胶囊。

美国总统也曾经对时间胶囊有兴趣。1938年的某一天，爱因斯坦接到了罗斯福的电话，罗斯福请他为5 000年以后的人类写一封信。爱因斯坦因此怀着复杂的心情写下了著名的《致后人书》。1838年9月23日，这封用特制的墨水和信纸写成的信，放进了由当时西屋电气公司制造的时间胶囊。与它一起被放进这个容器的，还有电动剃须刀、电话、农作物种子、显微镜、各种书籍、杂志、缩微胶

■ 时间胶囊实际上就是一个耐腐蚀的密封盒子。但是里面的东西赋予了它非凡的意义（图片来自Sbassi）

片，甚至还有一包香烟。这个特制的时间胶囊，埋在了纽约佛拉兴草坪下15米深的花岗岩洞内，这里就是1939年世博会举办的地方。

诚然，时间胶囊是一种存储、传递、保存信息的方式，虽然可能不太高效，但的确有用。除此之外还有其他存储方式，更加坚固耐用，可以让我们把文明和科技保存得足够久吗？倘若人类要飞往遥远的太空去开拓其他行星呢？总不能带着无数时间胶囊吧？

书本

人类很早就开始用书来记载文明和科技，便于后人学习和查找。但纸这东西很脆弱，用不了多久就开始发黄变脆，所以古人只有不断地抄写、备份，才得以传世。这样做带来的一个问题是，会导致一些抄写错误出现。本篇小说《阿尔吉侬的启示录》中并没有用这种方式来传递科技和文明。

各种现代存储介质

盘式录音磁带最早出现在1930年，主要录制声音和一些数据，但如果经常使用，大约只有10年的寿命，保质期也只有20年。

由IBM制造的世界上第一块硬盘诞生于1956年，盘片数为50片，重达上百千克，相当于两个冰箱的体积，存储量只有5MB。这之后经过数十年的发展，各种改进的机械硬盘不断刷

年份	盘名称	常规使用寿命（年）	不用或精心保养时寿命（年）
1994年	ZIP盘	2	19
1976年	5英寸软盘	2	30
1982年	3.5英寸软盘	2	15
1997年	VCD（影音光盘）	3	100
1987年	数据磁带	10	30
2000年	USB闪存	10	75
1999年	DVD（数字多功能光盘）	30	100
1956年	硬盘（HDD）	34	100
1999年	固态硬盘（SSD）	51	100+

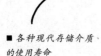

■ 各种现代存储介质的使用寿命

新着存储量的记录。但这些机械硬盘经常使用，最多也就30年的寿命，即使不使用，放在那里，100年左右数据也会丢失。

从20世纪50年代到今天，不断有新的存储介质被发明出来，例如ZIP盘、5英寸软盘、3.5寸软盘、VCD、DVD、USB闪存以及固态硬盘。但这些存储介质的使用寿命最多也不过一百多年，且非常容易受到环境影响，强磁、高温会使这些存储介质很快失效。

有了这些存储介质就可以去殖民其他星球了吗？一块硬盘至少有300克（普通机械硬盘）。假设全世界的图书都存进硬盘，笔者没有详细计算过到底会有多重，但可以肯定的是即便是人类现在最大的火箭也无法把这些硬盘发射进太空。之前有科学家计算过，发射1千克重的东西进太空，需要两万美元左右。虽然现在有一些私营的公司，火箭成本降低了，但短时间内发射大量的硬盘上太空还是很难。

难道就没有更有效率的存储介质了吗？更小、更轻的，有没有呢？有，在我们的身体里。

DNA存储

早在50多年前，在"仙童半导体"任职的摩尔提出了著名的"摩尔定律"。这期间，人类获取、处理信息的能力，几乎遵循着摩尔定律冲破天际，对数据存储的要求也越来越高。有研究表明，到2020年，全球计算机内的历史档案、电影、照片、企业系统和移动设备中的数据量将突破44万亿个G。现在我们使用的存储介质，在未来很难追得上高速膨胀的数据存储需求，科学家也在寻求新存储技术的突破。一些生物学家把目光投向了DNA存储技术。

提到DNA，大多数人的第一反应是，这是人类的遗传物质，还能跟数据存储搭上关系？讲科幻故事呢？抱歉，这还真不是幻想文学。事实上，DNA本身就是一段数据存储的编码，只不过它储存的是生命特有的信息和特征，数据量也并不小。

DNA存储技术是指使用人工合成的脱氧核糖核酸对文档、图片和音视频等信息进行存储，并能完整读取的技术。众所周知，DNA是由4种碱基——腺嘌呤（A）、胸腺嘧啶（T）、鸟嘌呤（G）和胞嘧啶（C）按照碱基互补配对的特定顺序排列构成的双链分子，记录存储了遗传信息，指导生物从单细胞到成体的成长发育。无论是写下这篇文章的我，还是正在读这篇文章的你，都不能"逃脱"这一过程。

DNA存储技术就是在这4个碱基"字母"的基础上，重新研究编码构建而获得的。通常存储数据使用的是二进制的数字串，然后用四个碱基编码二进制对应的数字，如此就完成了DNA存储技术的关键步骤，使得普通存储与碱基对之间的编码形成了共通。之后再通过人工合成相应的DNA分子，数据就可以被储存到DNA分子中。读取时只需要测序这段DNA分子，通过相应的解码器就能得到相应的数据。同时需要拷贝数据时，只要对DNA复制即可。

　　DNA存储容量能比得过现在的硬盘吗？科学家做过计算，1克重的DNA即可存储2.15亿个G的数据信息。照这个存储能力计算，之前提到的2020年的总信息量44万亿个G只需要25千克DNA就可以存下了，两个十多岁的少年就可以轻松抬走人类文明的所有信息了。现在，质疑DNA存储容量的朋友服气了吗？

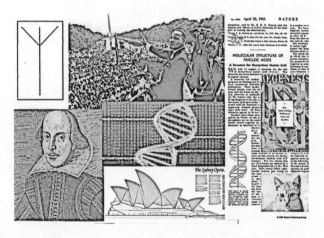

■ 存储在DNA里的信息

　　这项技术并不是科幻幻想，早在1988年科学家就首次证明了可将信息存储在DNA分子中。1999年，有研究人员利用DNA存储技术编码和恢复了一条长23个字母的信息。进入21世纪后，这项技术又有了新突破。2016年，华盛顿大学与微软公司合作，将《战争与和平》等100多部经典文学作品以及数字图书馆排名前100位的电子书，大约200MB的数据，成功地一次性"写入"DNA分子中，且从DNA中读取的时候，没有出现任何错误。

25千克DNA就能存下整个人类文明的知识,这比一颗普通的卫星还轻巧,发射进太空很容易,价格也不会高到哪儿去。但DNA存储也有致命的问题。

等不起的DNA存储

虽然DNA存储技术有着超高的存储技术、超长的保存时间和低耗能等优点,但缺点也是显而易见的。

缺点1:成本太高

现在合成一个碱基需要0.5~1.0美元,按照目前的数据编码,要存储200MB数据大约需要100万~200万美元。拿这些钱买机械硬盘存下的信息量远超200MB啊,这成本实在是太高了。

缺点2:合成速度慢

对于一些机构来说,钱不是问题,但依然等不起。现在的固态硬盘存储速度普遍能达到300MB/s以上,但DNA的合成速度是多少呢?与现在存储技术使用电子存储方式不同,合成DNA依赖的是一系列的化学反应,大肠杆菌的DNA(合成)复制速度大约是1000碱基/秒,看起来也不慢?做个计算,倘若存储200MB的数据量,一天无时无刻不在运转的话,也需要19天。

本篇小说中的实验室人员把人类的整个兴衰史包括一些关键的科技都写进了DNA。且不说历史书有多厚,单是那些各学科的教科书和工具书,就可以堆满一个超大图书馆了。按照DNA存储技术的速度,我的天!这得合成到几百万年去了,哪有时间啊!

缺点3：遗传变异

人类和一些动物的DNA片段中有不少似乎没用的"垃圾片段"，可以剔除掉写进数据，如此就可以把数据带在身上了，甚至遗传给下一代。可问题是，DNA有个显著的特点，会减数传递给下一代，甚至还会基因变异，如此一来，存储的资料不就乱了套？所以小说中将整个人类的文明都存在动物身上在现在是不成立的。

如今最靠谱的存储手段，还是那些超大容量的硬盘们，至少相对于DNA存储"物美价廉"！

微小说·无限宇宙

● 杨远哲 / 文

4867号宇宙

国家物理研究室内,一个头发花白的老人坐在椅子上,面带微笑地看着在机器前忙碌的年轻人。

"小郑,还是没有成功吗?"终于,老人轻声地问了一句。

"林老师,还差一点,刚才几乎成功了,夸克级别的碰撞本来就很困难,而且还要在确定的监测下进行碰撞,不能采用以往的光束大面积碰撞法。哎,老师,你不知道,我刚才差一点就成功了!"这个姓郑的年轻人忙得一头大汗,仍然在不断操作着机器前五颜六色的按钮。

"不用太着急。"被唤作林老师的老人睿智地笑了笑,"这是目前已知宇宙最微观的粒子撞击,一旦成功,会发生什么事情,还说不定呢!"

粒子加速器仍在运作……

4868号宇宙

农场边,老屋旁,吴大山一脸幸福地躺在摇椅上。

今年收成不错,儿子出息了,去做科研去了,老伴和小女儿在家帮着做些农活,也赚了不少钱。

吴大山盘算着,钱也攒了不少了,女儿的嫁妆也算备齐了,老刘头儿家那小子每天都往自己家跑,说是来帮忙,其实呢,嘿嘿,吴大山傻笑了一下,年轻人那点小心思,自己怎么会不明白。不过嘛,看着那小子还算顺眼,女儿也挺满意,哎,找个机会摆摆酒,跟那个爱较真的老刘头儿把这事儿定下来就好咯。

微风吹过,凉爽的感觉让吴大山忍不住闭上了眼。过了片刻,他微微地打起了鼾。

4869号宇宙

李勤揉了揉耳朵,那严重的耳鸣让他忍不住头晕。炮声持续了好几个时辰,阵地已经快被炸平了。在战壕里坚守的战友越来越少。也许,敌人的总攻很快就要发起了。

要是有机会给老婆打个电话就好了,女儿今年也该3岁了,上周老婆还发了电报,说女儿会说话了,会叫爸爸妈妈了。李勤想着,满是汗水和泥土的脸庞上露出了一丝笑容。

好像听到了什么声音,嗯,自己的听力已经不太灵敏了。李勤连忙收起了回忆,把头慢慢探出了战壕,果然,一片敌人悄悄地往阵地上摸来。

李勤赶紧缩回了战壕,让身边的小赵赶快去把敌人进攻的消息告诉其他人。

马上又要是一场恶战了!

4867号宇宙

"成功了?"小郑不可置信地睁大了眼睛,仔细地看了一眼机器。数据显示刚才夸克级别的碰撞确实产生了,但是被碰撞的粒子并没有出现太大的反应,没有更微观的粒子产生。

林老师赶快站了起来,走到了小郑身边:"别着急,微观粒子的碰撞不一定能产生我们预期的效果，嗯，先看看数据，碰撞速度是多少？"

"无限接近光速。"

"撞击后难道一点反应都没有吗？"林老奇怪地说。

"完全没有，哦不对，撞击粒子消失了，连同能量一起。"

"连同能量？"林老师迷惑了。

小郑也陷入了沉思。

4868号宇宙

吴大山在睡梦中感到一束光照在了自己身上。

吴大山迷茫地睁开了眼睛。

不可思议的事情出现了，他看到了一片巨大的森林。

哦，吴大山好像反应过来了，那不是自己农场里收获后留下的玉米茬吗？

那自己呢？自己站在……自己的摇椅上。

这是怎么回事？自己在慢慢变小？

没错，而且还在不断地变小中。

吴大山慌了，开始高声呼喊，但是声音却小得可怜。

随着吴大山不断变小，藤条编织的摇椅下开始出现巨大无比的孔洞，吴大山控制住自己的脚，站在了一处还算平坦的藤条上，防止滑落到孔洞中。

但是吴大山仍然在不断地变小，他发现自己已经看不清远方的庄稼了，就连摇椅的边缘，也开始逐渐模糊起来，自己的世界好像快要被摇椅占据了。

4869号宇宙

营长率先开枪。

一声清响划破天空。

密密麻麻的子弹瞬间倾泻下去,想冲上阵地的敌军被打了个措手不及。

连续6小时的不间断炮击,仍然没有打垮阵地上守军的斗志。

看上去,这火力不比6小时前弱多少。

硬着头皮边找掩体前进边射击的敌军,一边抱怨友军炮击的不给力,一边咬着牙向上挪动脚步。

李勤连续打光了两梭子弹,但是这无法阻止敌人的前进。至少七倍于己的兵力压制,让李勤心中感到了无助。

贮存的弹药快不够了,要省着点用了。

正在这么一愣神的当儿,李勤看到右侧战壕上有个敌人号叫着冲了进来,一刺刀刺中了战友小君的胸膛。

嗷的一声,旁边的战友马上把冲上来的敌人打成了马蜂窝。

李勤眼睛红了。

老子弄死你们一群瘪三。

一股熊熊怒火在李勤胸口点燃。

4867号宇宙

"喂,是洪院长吗?对对对,我是老林。"林老师的语气中充满了颤抖和不自信,"院长啊,我跟你说个大事儿,刚才我和小郑,对,我学生,我们在测试夸克级碰撞的时候,你猜怎么着啊,我们成功产生了一次可监控的撞击,然后发现,然后发现,嗯,我们发现撞击的粒子,携带能量消失了。"

"哎呀，院长，我怎么会跟你瞎说呢，我你还不清楚吗？我不反复测个几十遍，我敢确认这个事儿吗？对对，我这不是在跟你商量呢吗？要不你快点来我这里？"

挂下电话的林老师眼中仍然是迷茫。

"奇怪啊，能量哪里去了？不可能无缘无故消失的啊，宇宙能量守恒的啊，一定是转化成了一种尚未被检测出来的物质，对，不然没有道理啊……"林老师自言自语。

一边的小郑早就傻了眼，"刚才怎么了？能量消失了？定律上不是这么说的啊……我是不是三观都被颠覆了？"

电话的另外一头，一个胖乎乎的老头放下了电话，直接对身边的助手喊了一句："带我去国家物理研究室，现在就去，要快。嗯，必要时可以闯红灯。"

4868号宇宙

吴大山不再大喊了。

他的视线已经无法超越摇椅了，他本来选了一块略微弯曲的藤条站立，随着自己身体的变小，他发现藤条开始变得直了，自己像是重新站在了一个平面上。

他想到了一句话："世上没有完全的直线，所有的直线，其实都是圆形曲线的一部分。"

吴大山想着自己年轻时听过的这句话，突然想笑。

接着，平平的藤条上又出现了极其细微的小洞。

小洞慢慢变大。吴大山知道，这是藤条的纹理缝隙。

想不到自己居然变得这么小了。

接下去呢？还会变得多小？

吴大山有点好奇，又有点期待。

吴大山的视线已经无法超越自己站立的那块小藤条了。

他看到藤条是由一个个很小的粒子相互链接组成的，像是锁链。

吴大山高中物理学得还不错，他猜测这就是必须用显微镜才能看得清的分子。

分子慢慢变大，吴大山根本没法站立。不过微小化的他，已经渐渐对重力产生了免疫，他猛地跳到了一个分子上。

分子继续变大，吴大山突然感觉到了一股吸力。

吴大山发现自己好像被吸到了分子上。

接着，吴大山继续变小，他看到了分子的组成，原子……

吴大山感觉自己恐怕是世界里唯一一个不借助任何器材就能看到原子的人了。

当然，还有更加微小的粒子将被自己发现。

4869号宇宙

第三波白刃战胜利了。

依托着地形和重机枪的良好防御，李勤和战友们已经抵挡住了敌军攻上阵地的第三波白刃战。

李勤已经忘记了美丽的老婆、可爱的女儿，他脑子里全是"CNM，给老子去死，有本事你再上来一次，打不爆你头，老子跟你姓"的想法，睁着一双充血的眼睛，如同饿狼一般。

而连续三次没攻上来的敌军也已经被打出了脾气。

"你再给我守。"敌军士兵个个心里在喷火，"给我等着啊，等我们上去了，投降想都别想，活下来一个算你们赢。"

营长嘴巴上都是火气，咧了咧嘴，让李勤去收拾下战死同伴身上的弹药，应付接下来的战斗。营长连续说了三次，李勤才听明白。

也不知道是营长嗓子喊哑了,还是李勤耳朵都快接近失聪了。

接下来,看看谁更强吧!!!

4867号宇宙

洪院长亲自来到了国家物理实验室,林老师连忙出去迎接。一路上洪院长一语不发,到了实验室,他调出了仪器数据,逐个观察。

一旁的林老师和小郑大气都不敢喘一下。

"没道理啊,仪器没坏啊,能量哪里去了?"洪院长自言自语。

……

……

……

"没道理啊,仪器没坏啊,能量哪里去了?"洪院长自言自语。

……

……

……

"没道理啊,仪器没坏啊,能量哪里去了?"洪院长自言自语。

洪院长终于支撑不住了,捂着头坐了下来。

前所未有的迷惑,让博学的洪院长感到困惑,这样的能量流失,到底会给世界带来什么影响呢?

就在这时,天空闪过了一道亮光。

突然，毫无征兆，这个世界上所有人的意识同时消失，整个世界在一瞬间不复存在！

4868号宇宙

吴大山的心境发生了很大变化。

他看到了原子，看到了原子核，以及围绕原子核旋转的电子，看到了中子和质子，对，那更小的，就是传说中的夸克了吗？

这些即使在实验室都很难观测到的微观世界，突然就这么呈现在了吴大山的面前。

他既激动，又紧张。

所谓的地球，早就不知道在哪里了，吴大山连自己现在在什么地方都不知道。他一点点都感觉不到重力，但是他也没法自由地移动，他目前被前方的一个较大粒子所吸引着，无法摆脱。这个粒子，吴大山也不知道该称之为什么，但随着他的变小，他站在这个粒子上，就像站在地球上一样。

吴大山还在继续变小，这个"地球"上也出现了无数孔洞，吴大山几乎无法想象这个粒子里面会是什么东西。

他没有犹豫，在孔洞的大小变得足够自己身体进入后，他对准孔洞，跳了下去。

眼前一片黑暗。

他看到了无数的更小的粒子。这些粒子又在不断地变小，每个粒子中，又有无数的粒子。

吴大山被粒子中的粒子不断"吸引"着移动，终于，有一个蓝色的粒子将他吸附了过去。

本来比他小得多的粒子，很快就变得和他差不多大，当吴大山快接触到粒子时，这颗粒子已经比他大了无穷倍。

好像到头了。

吴大山突然发现自己变小的速度慢了下来。

这时，粒子对吴大山的吸力猛然增大。

吴大山掉了下来。

这里是哪里？到了微观尽头了？

不对啊，这里好像是……另一个世界？难道这个世界就存在于自己原来的世界中的一颗粒子里面？

极致的微观世界里，存在着另一个宏观世界？

不容他多想，巨大的爆炸声在吴大山耳边响起。

农场边，老屋旁，吴大山原来所在的世界里，从老屋内走出一个年轻的女子，嘴里不断喊着"爸爸"。

可就在她走出门，看到父亲常坐的摇椅上空无一人时，天边闪过了一道亮光。

突然，毫无征兆，这个世界上所有人的意识同时消失，整个世界在一瞬间不复存在！

4869号宇宙

李勤已经麻木了。

营长死了，战友也都阵亡了，他根本不知道自己是怎么守住的。总之，第四波进攻也被打退了。

李勤已经做好了战死的准备。

可就在他静候下一波进攻的时候，他突然看到了……一个人从天而降。

一个大腹便便的大叔爬了起来。

大叔也在茫然地看着他。

爆炸响起又一波进攻开始。

这一次异常顺利,敌军终于攻占了这个小山头。

无人幸免。

就在敌人攻上山头的时候,天边似乎闪过了一道耀眼的光。

突然,毫无征兆,这个世界上所有人的意识同时消失,整个世界在一瞬间不复存在!

科技研发部负二十一楼。

一个中年人慌慌张张地拉住了一个西装革履的男士。

"杨董,大事不好了。"

"什么事情,这么慌张?"姓杨的男士很反感地问。

"刚才,刚才生命培育室出故障了。"

"故障?"杨先生眉间闪过一丝紧张。

"是的,就在刚才,七十四号生命实验房,第三十一号培养箱,第七培养罐里的4867,4868,4869三个生命培养皿,出现了能量交互。"

"胡说!不可能!"杨先生一面大声呵斥,一边加快了脚步,向七十四号生命实验房走去,"所有的生命培养皿通过膜技术进行了平行处理,相互之间绝无任何联系,怎么可能出现能量交互!"

"杨先生不要着急,这次能量交互可能也只是偶尔出现的。"中年人满头大汗地说。

"偶尔?你知不知道能量交互会带来什么后果?生命培养最忌讳能量交互,我们是根据一个皿内所可能包含的最大生命给予能量供给的，一旦能量出现交互，很有可能破坏全部实验数据，造成生命的不可控！"杨先生疾言厉色地说。

"是是是，杨先生，您看看，这就是出了问题的三个培养皿！"

杨先生静静地看了三个培养皿1分钟。

"这三个培养皿全部销毁！"声音不容置疑。

"啊？杨先生，这次能量交互虽然有点儿意外，但是已经被控制住了，进行了能量流失的生命体已经被消灭，我们……"

"我再说最后一遍，这三个培养皿，立刻！全部销毁！"杨先生掉头就走，不再回头。

"好吧，好吧！反正烧的是公司的钱。"中年人嘀咕了一句，然后随手把这三个生命培养皿从培养罐中抽出，丢到了焚化液中。

哧溜一声，培养皿一下就化为了一团白烟，袅袅飞升。

微科普·多重宇宙与虫洞

●吕默默/文

在科学圈里最流行的创世理论里,本宇宙起源于一场大爆炸,那时只产生了一个宇宙吗?是否存在其他宇宙?或者说我们所在的宇宙之外,是否还有多重宇宙的存在?

最初的定义

科幻小说中出现的"多重宇宙"一词,最初并不是一个天文学或者物理学上的名词,它诞生于哲学。一百多年来,不是科学家,反而是哲学家们就"多重宇宙"进行了十分激进的思考和争论。

早在1896年,美国哲学家威廉·詹姆士就首次使用了"多重宇宙"一词。他在《新世界》杂志第五卷发表的《信仰的意志》中提到:"可视的世界本质上是可塑的、不同的,是一种多重宇宙——人们可能如此称呼。"此时提到的这个名词更多是哲学意义上的,而不是今天大多数人理解的多重宇宙。在威廉·詹姆士之前,这个词更多用在"多神论"方面,指由各种神创造的不同质量的宇宙。由此可见,多重宇宙或者说多重世界最初并不是真正意义上的科学争论。

如今的多重宇宙是啥？

现如今，在大部分场合看到的"多重宇宙"这个词都是指天文学或者物理学上的多元宇宙论——一种尚未被证实的假说。此假说认为，在我们的宇宙之外，可能还存在另一些宇宙，这些宇宙基本的物理常数可能与本宇宙相同，也可能不相同。

"多重宇宙"这个未被证实的假说，甚至还有多种模型。例如开放多重宇宙论、泡沫宇宙论和量子力学的多世界解释。但最有可能被证明的是一种"泡泡"多重宇宙论。

"泡泡"多重宇宙

今天我们知晓和不知晓的一切都源于一场宇宙大爆炸，在那一刻后的短时间内，不同的区域以不同的速度进行时空膨胀，"吹"起来了一个又一个"肥皂泡"，这些"泡泡"你压着我、我挨着他挤在一起，每一个"肥皂泡"都是一个宇宙。在每个"肥皂泡"里，都有自己的宇宙特有的时间和物理常数。这些挤在一起又各不相同的"肥皂泡"就是可能存在的多重宇宙。

"肥皂泡"宇宙并非来自科学家们没有证据的假想，"他老人家"是有现实证据的理论推断的。2013年，美国宇宙学家曾经根据欧洲航天局公布的"宇宙全景"——宇宙微波背景辐射图，做了精细的比较和计算，找到了多重宇宙存在的一个重要证据。

欧洲航天局发布的这幅图是当时最为精确的、全天域的宇宙辐射图，其中所展示的数据不只推断出来了宇宙的138亿岁的年龄是正确的，还可以详细推断出本宇宙各种物质、能量所占的比例。按照正常大爆炸理论，在这幅图中辐射应该均匀地分布在整

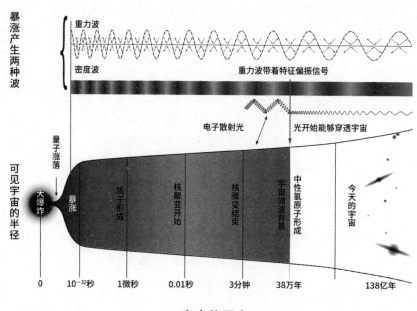

宇宙的历史

■ 科学家推导的宇宙大爆炸的过程

个宇宙中，就好像从一个点射出来无数条平均的射线一般规整、有规律。但在实际的宇宙微波背景辐射图中，宇宙南部的辐射量更大，从奇点发出的射线更为密集，更令人意外的是，此区域竟然还存在一个射线绕过的空白点（低温点），此处辐射量很少，甚至是空白的。美国北卡莱罗纳大学教堂山分校的理论物理学家劳拉·梅尔辛·霍顿认为，这是宇宙大爆炸时候诞生的其他"泡泡宇宙"对我们宇宙所在的"泡泡"进行挤压、拉扯所导致的。

虽然梅尔辛·霍顿的这一理论听起来有些匪夷所思，但确实很好地解释了这幅图上的某些区域的特殊情况。假使在未来，此理论当真找到了决定性的证据，就足以改变科学家对宇宙的认知。

穿越多重宇宙

也许不少读者认为多重宇宙的理论简直就像是开了个不着边际的脑洞,那我们不妨再多开一个:倘若多重宇宙真像泡泡这样简单,打通泡壁的可能是虫洞。

虫洞是个啥?根据字面意思,就好像一只虫子从苹果这一面咬了洞,通到了另一面,这个通道就是虫洞。在天体物理学中,虫洞基本上也是这个意思。只不过制造虫洞的并不是虫子,而可能是宇宙中最神秘的天体之一——黑洞。黑洞这家伙非常贪婪,引力无比强大,任何物质包括光都无法逃离它。根据爱因斯坦的相对论,黑洞会在时空的床单上压出一个深深的坑,当对面也有一个家伙在另一面的床单上压出来一个对应的深坑时,这俩坑可能会打通,就形成了虫洞。

这个理论也不是笔者在瞎扯,当时爱因斯坦与另一位美国物理学家罗森塔尔一起研究广义相对论方程时,发现有一个方程解理论上允许上述情况发生,在物理圈里这种虫洞被称为"爱因斯坦—罗森塔尔桥"。这一理论在很多科幻电影里都出现过。在漫威电影《雷神》中,就出现过这么一句台词:"我们那里把这个叫彩虹桥,你们把它称作爱因斯坦—罗森塔尔桥。"由此可见,这个理论影响有多大了。

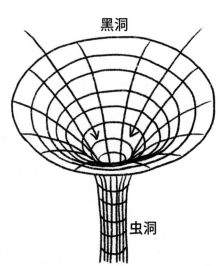

■黑洞和虫洞

■ 虫洞数字模型

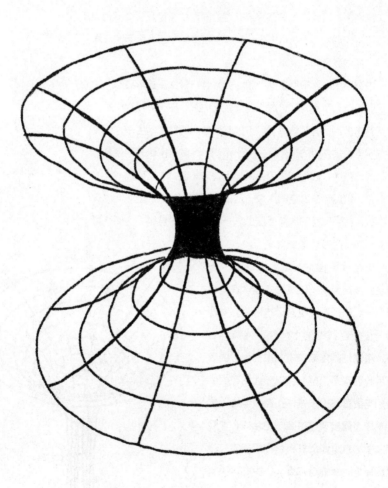

虫洞这家伙很神奇，打通了时间和空间，从虫洞这里进去，从那边出来，可能已经跨越了数百乃至上万光年的距离。但可能有读者已经发现，虫洞两端都是黑洞，进去便出不来了。你们会认为是笔者在忽悠人吧！笔者很冤枉啊，这个脑洞不是我开的，"罪魁祸首"还是爱因斯坦。在广义相对论的体系中，曾经有人做出来一个方程解，由此推论出"白洞"是可能存在的，这家伙跟只吃不吐的黑洞不同，且正好相反，一直往外吐东西。如果这俩奇葩正好连在一起了，从这边宇宙空间里的黑洞吸进去，从几百光年那头的空间白洞被吐出来，虫洞的构想不就成了吗？

好了，有了爱因斯坦这位大科学家开的脑洞做支持，虫洞存在的可能性又多了一些砝码。俗话说虱子多了不怕痒，我们再来开最后一个脑洞。虫洞理论支持在本宇宙中弯曲挤压时空，可以从这边的时空"漏"到成百上千光年外的另一边的时空。基于这个理论，会不会出现这样一个虫洞，打穿了两个"泡泡宇宙"呢？这不就可以从本宇宙到另外一个宇宙去了吗？

假设叠假设

从多重宇宙的多种模型，到最有可能存在的"泡泡宇宙"，再到虫洞打穿多重宇宙，这些理论没有一个有绝对的观测证据或者实验证据证实，都是假设中的理论，但正是如此，带给了小说家们无数灵感和足够的幻想空间。比如这篇《无限宇宙》，可能会有读者吐槽说，这篇太不科学了。但您想，根据多重宇宙理论，谁能肯定其他无数的"泡泡宇宙"中不会存在这样一个支持本篇设定的宇宙呢？

微小说·给安娜的信

● 狄拉克海 / 文

引子

本报讯：全球瞩目的先锋号冲压飞船于本日在佛罗里达州卡纳维拉尔角发射场成功升空。此次试验旅程的目的地位于奥尔特星云，距地球整1光年处，代号为A点，而这也是通向比邻星航线的必经之路。此前已有三艘同型号的无人飞船——先驱号进行过类似的试验飞行，其中先驱3号历时11年完成了地球至比邻星4.2光年的往返旅程。先锋号飞船采用了最新一代的冲压发动机，即著名的"巴萨德引擎"，利用前方的约束磁场收集宇宙中的氢元素作为核聚变燃料，转化效能更加强大。当然最不同的是，此次先锋号上载有地球上最杰出的三位宇航员——保罗、鲍勃与马库斯。历经两年十个月的往返旅程，他们会把人类的足迹带至太阳系边缘。虽然先锋号的航线与之前先驱1号的航线完全一致，但这是载人航天史上首次光年尺度的航行，无疑会永载人类史册。

——《联合时报》2051年1月22日

1

亲爱的安娜：

  当你收到这封无线电信时，你一定焦急万分，忐忑不安。但我依然要坦诚地将这不幸的消息告诉你。先锋号于地球时间2052年5月16日，飞船时间2052年1月11日到达了距此次任务终点奥尔特星云A点10个天文单位处。就在我们满心欢喜庆祝成功时，悲剧开始降临。一股未知的高能粒子流击穿了前方的磁约束场，造成了主控电脑受损停机。后果就是磁约束场偏移并震荡，驾驶舱暴露在无保护状态下大约1秒钟。然而就是这1秒钟，飞船撞上了一小团极微小的尘埃，在0.7倍光速的作用下，撞击得非常惨烈。驾驶舱部分变形，我的伙伴鲍勃与马库斯当场死亡。当时我正在后方的动力舱进行例行检查，因此逃过一劫，但巨大的冲击力也使我昏迷了整整一天。

  这种情形在之前三次试验飞行中都没有遇到，尽管这几次的航线基本都是一致的，只能说我们对于宇宙的认知还太浅薄，对太阳系之外的地方知之甚少，此外载人冲压飞船与无人飞船相比安全系统的提升还远远不够。但现在不是总结经验的时候，我醒来后，立即启动了应急模式，安顿好同事们的遗体，详细检查了受损情况。动力系统基本完好，生活系统基本完好，控制系统部分受损，通信系统完全毁坏，导航系统完全毁坏，主机严重受损。糟糕的是，此时飞船已超出A点200多个天文单位。目前的情况是，已无法通过固定路线程序返回地球，更无法自主导航返回。你知道，对于冲压飞船来说，航行轨道就是生命，因为这些轨道都是为方便磁约束场捕获氢离子而提前精心设计的。如果离开轨道航行，将无法保障能够捕获足够的氢作为发动机的燃料。此时先锋号就像一艘失去罗盘与地图的帆船在大洋漂流。唯一值得欣慰的是，备用无线电发射系统可以工作，但接收系统已损坏。所以我可以发出这些信息。

安娜，在我面前有两条路，一是关闭发动机，持续发射信号等待救援。按照预案，先锋2号飞船会出发搜寻我。以目前的技术，无人飞船无法在这么远的距离开展主动搜救工作，只能是载人飞船。但我害怕悲剧会重演，再有人因此牺牲。我已经失去两位同伴，不想再让任何人冒险。第二条路，先锋号飞船与之前先驱号是同一型号，因此保存着先驱3号往返比邻星的路线程序，检查航行记录后，我发现目前先锋号仍然大体按照先驱3号的轨迹在飞行。因此，即使主机损坏，没有导航系统，我仍可以用分区电脑控制发动机按照先驱3号的飞行程序继续飞行，到达比邻星后沿固定路线返回地球。先锋号与先驱号飞船都是为往返比邻星而设计的，里面的给养足够我生活。安娜，这会花上更长的时间，但我已经决定。我增强了磁约束场的强度，应该能规避一些风险。我已通告不要再派飞船搜救，安娜，相信我，这是最好的选择。我记得对你的承诺，不管多远，我一定回来。

PS：但丁已经一岁多了，真抱歉没能陪伴他成长。等我回来，希望他还能认得我这个父亲。

爱你的　保罗

先锋号时间　2052年1月13日
预计送达地球时间　2053年5月19日

2

挚爱的安娜：

为了保存能量，我不得不减少使用无线电的次数。安娜，胜利在望,我已经到达距地球3光年的C点,离比邻星只有1.2光年了。为了加快进度,我将速度提升至了0.8倍光速,代价就是放弃绝大部分航行与生活之外的能量消耗。这款巴萨德发动机的理论最大速度可以无限接近0.9倍光速,但我还是小心些好。这样以先锋号时间我只用了1年5个月就走完了2光年的路程(因为相对论效应,0.8倍光速下飞船的一年相当于地球的1.66年),我知道对于你其实是2年6个月。我希望能早点回去,真的,越快越好。虽然我在离你越来越远。无论怎样,事情在步入正轨。我要再检修一遍,确保万无一失。

安娜,我无时无刻不在想你,这样的旅途太孤寂了。开始我还能和辅助机器人聊聊天,提速以后就把它关闭了。我看完了所有的电影、视频、书籍,连飞船构造说明书都看了三遍。我想每天给你发信,但为了能安全回去我只能忍耐。我想你,还有但丁,现在他已经5岁,当看到这封信时他就8岁了,而我居然只在产房陪伴过他两天。我每天想象着他的样子,他的眼睛、鼻子和嘴唇,应该和你一样漂亮。该死,我真想抱一抱他,而不是蜷缩在这冰冷的太空舱中。安娜,等着我,我一定要回家。

永远爱你的 保罗
先锋号时间 2053年6月20日
预计送达地球时间 2058年12月10日

3

最爱的安娜:

成功了,安娜,我现在马上就要到达比邻星,这颗红矮星就在飞船的前方。飞船的动力舱已经在按照之前设定的航线开始减速,如果一切顺利的话,一个月内就能返航了。你知道,对于冲压飞船,减速和调整航向是一件复杂的事,因为是在极高速的情况下,需要辅助发动机的配合,会耗费不少时间。趁这个机会我要再仔细检查一遍,毕竟小心驶得万年船。我已经察觉到动力舱出了些小问题,但应该没有大碍,相信能解决掉。我依然向地球传送着飞行数据,未来的飞船应该会更快更安全,不会再有这样的事故。

　　安娜,枯燥的旅程简直让人发疯。每次眺望窗外,我看到的都是同样的景象。星星,无数的恒星,还有更无尽的黑暗宇宙。幸运的是我在马库斯的遗物中发现了一本莎士比亚十四行诗集,现在我终于有了打发时间的方法。研究这些诗歌比研究傅里叶变换或者麦克斯韦方程要难得多,也有趣得多。安娜,我还记得当初我们刚认识时,你一直想与我分享文字的美妙,可我那时嗤之以鼻,一心只想钻研航天物理学。现在我后悔了,安娜,我真该和你一样去当记者或者编辑。安娜,我现在开始理解你为什么喜欢但丁这个名字了,真是太妙了。我想好了,我们的后代,但丁的孩子们,男孩,就叫维吉尔、拜伦、歌德、雪莱,女孩就叫简、夏洛特、狄金森、勃朗宁,一定让他们学习诗歌与文学,千万不要跟我一样只会数学与物理,然后当该死的宇航员。

　　安娜,我迫不及待想要回家,回到你和孩子身边。相信我,我一定能回来。

爱你们的　保罗
先锋号时间　2054年5月3日
预计送达地球时间　2064年4月17日

4

永爱的安娜/但丁：

　　对不起，这么晚才发出这一封信。因为……我不得不说……我遭遇了一些困难。我到达了比邻星，开始一切顺利，飞船已经把速度降低至0.3倍光速。巴萨德引擎是一种复杂的装置，要想运行，需要助推发动机先使飞船达到一定速度，减速也是同理。但是……但是飞船的助推发动机坏了，包括备用的。也许在第一次受到冲击时就已经快完蛋了，也许是在后来的航行中。我先前检修时注意到了，但我还抱有幻想，然而残酷的事实是，损坏的严重程度已远远超出了我的修理能力。这意味着，如果我继续减速，将不能再使巴萨德引擎发动起来，我将终生困在这儿。所以，我就不能减速，至少要保持在0.1倍光速。但是，不减速，我无法直接转向，更无法按照返程的程序回到地球。我会像一颗没有阻力的子弹一样飞向宇宙深处。我，我几乎绝望了，安娜。

　　我想过自杀，真的，如孤魂野鬼一般有何意义。在这死寂的浩渺宇宙里游荡，苟延残喘，氧气会耗尽，能量会耗尽，食物会耗尽，我连余生也度不完。但是，每当我想打开舱门，步入黑暗的虚空之中，我就想起分别时你对我的耳语：无论何时，一定回来。我不能放弃，安娜，即使死，我也要死在回家的路上。

　　我查阅飞船上所有能读取的资料，终于发现这种情况下居然还有一种理论上的应急方案：参照原有路线，走一条螺旋航线，在不减速的情况下慢慢降低曲率迫近地球，这样不用直接转向，也可以返回近地球的轨道。但是这样走，相当于以地球为中心划了一条螺旋线，路线会长出许多许多。安娜，我不敢计算了，应该在飞船的寿命之内，但是……但是……我不敢计算地球时间会是多少年。为了能在飞船寿命之内赶回，我必须把速度提升至

0.9倍光速,这意味着,飞船内一年,相当于地球2.2年。安娜,对不起,我不知道即使回来,还能不能见到你。我……对不起。

安娜,当你读到这封信时,你已经47岁,而我也已35岁。以前你总是嫌我比你老,现在也许要反过来。好吧,这是一个很糟糕的玩笑。亲爱的,无论宇宙怎样把我们撕裂开,无论时间划出怎样的鸿沟,我都依然爱你,就像我第一次遇见你那样。

但丁,小男子汉,漫长的岁月里希望你照顾好妈妈。爸爸辜负了你们,请你原谅爸爸。

安娜,新路线已经计算好,我会降低一切消耗,争取在飞船寿命之内全速返回。不管千难万险,我一定会回来。

属于你们的　保罗
先锋号时间　2056年3月22日
预计送达地球时间　2069年6月13日

5

安娜:

我已经失去了时间感,主机电脑也已接近瘫痪,判断不出时间与方位,但我知道应该很近了。能源与氧气都在枯竭,好在食物还很充足。我想距地球也许不超过2光年,也许1光年。如果有经过的飞船一定会发现我。等着我,安娜,我很快就会回来。我……我爱你。

永远爱你。

保罗
先锋号时间　20××年×月×日
预计送达地球时间　2×××年×月×日

尾声

联合社消息：今天，漂泊在外的英雄终于返回了他们的故乡。58年前随先锋号升空的三位宇航员的遗体于今日上午被送回他们的出发地——卡纳维拉尔角。联合国首席行政长官、北美地区首席执行官、联合太空部门负责人等悉数到场迎接。他们表示，这三位英雄代表了人类探索宇宙的勇气与决心，必将永垂不朽。来宾中还有三人引人注目，那就是牺牲宇航员保罗的遗孀87岁的安娜，及其子但丁，孙女简。保罗是三人中最后牺牲的，他在返航途中，于距地球不足1.2光年处因氧气不足死亡，时年46岁。距离巡弋飞船发现他仅相隔两周，令人十分惋惜。满头白发的安娜用颤抖的双手接过丈夫的宇航服，失声痛哭，场面令人动容。安娜表示，虽然无比悲伤，但她欣慰丈夫最终遵守了当初的诺言：58年，他终于回家了。

如今，我们的冲压飞船已经能够安全便捷地穿梭在宇宙星辰之间，但这离不开先驱者们的伟大贡献，保罗传送回的飞行数据有着极为重要的价值，为飞船技术的改进奠定了基础，也让我们重新认识了外层宇宙空间。现在，三位英雄的铜像已经树立在了卡纳维拉尔角发射场遗址，让我们缅怀他们短暂而壮阔的人生。探索的脚步不会停止，人类终将会迈进浩瀚宇宙，而英雄将永远被我们铭记。

——联合新闻　2109年7月1日

微科普·太空中的距离和时间

● 吕默默 / 文

"我们在国家话剧院门口见面。"

"好的，一定到！"

当你和朋友约会出去玩的时候，如果只是做了上述约定，恐怕这场约会要变得糟糕起来，因为并没有约定时间。所以必须要加一句：今晚七点。也就是说上述这个约定在时空中的坐标必须包含四个维度的信息，空间的三个维度确定地点，再加上时间的一个维度。

倘若你和朋友这次约会看完话剧后，都要忙各自的事情，比如你去20光年外出个差，他在地球上花半年时间拍个电影，这一年内没时间再聚，于是相约一年后还在国家话剧院看话剧。这就麻烦了，一年后的约会可能见不到面了。为啥？因为时间会膨胀。

时间会膨胀？

什么？你在逗我？时间还能膨胀？

在爱因斯坦的狭义相对论框架下，时间的确会膨胀。

首先来定义时间。定义时间的方法很多，比如1秒钟是手表秒针走过一个格子、大摆钟轻摆一次的时间,但这些还是在用时间来定义时间的怪圈中。在相对论中,光速恒定不变,利用这一个原理,我们来制造一个最理想的计时器——光子钟。(光子钟的例子来自《时间的形状》一书中时间会膨胀的章节,作者汪洁,之后的图片解释,同样来自此书。)

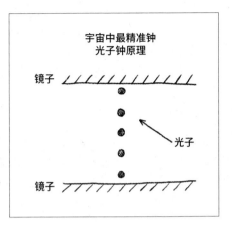

■ 设想中的光子钟

光子钟的构造很简单,两面镜子之间有15厘米的距离,放一个光子进去,让它在两面镜子中间不停地反射。当光子在两面镜子之间回弹一次,算一次滴答声。光速恒定是每秒30万千米,如此计算出来,滴答一次的时间是10亿分之一秒,也就是说光子滴答10亿次就代表时间走过了1秒钟。现在甲和乙两人分别拿一模一样的光子钟,甲上了发射的飞船,乙坐在地面上,当甲从乙面前飞过的时候,会出现什么样的情形呢?乙如果可以看清甲携带的光子钟中的光子每次的运动的话,他就会发现,甲手里光子钟的光子行走的距离变长了。

但光速是恒定的啊?所以,有可能乙手中的光子钟滴答了10亿次时,他看到甲手里的光子钟只滴答了5亿次。那就意味着,在乙看来,甲的时间变慢了。具体时间如何计算呢?爱因斯坦最终推导出来一个计算公式飞船上行的时间:

$$t' = \sqrt{1 - \frac{v^2}{c^2}}\, t$$

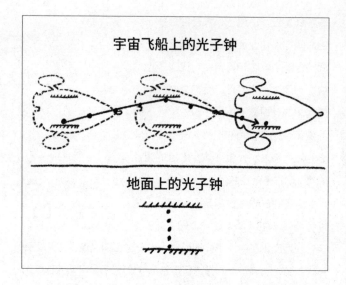

■ 从地球上观察宇宙飞船中的光子飞行路线比在地面上的要长

回到刚才你和朋友一年后的约会的问题,你不是去20光年之外的星球出差了吗?乘坐的飞船肯定也不慢吧?要不然一年内肯定回不来。飞船速度算作0.999 99倍的光速,根据以上的公式计算,倘若在飞船中过了1年,其实在地球上已经过了250年。回到出差这件事,你去20光年外,然后回来,地球上至少已经过了40年,但其实你在飞船上只度过了58.4天。所以当你很开心地等了一年后去赴约的时候,你朋友可能已经垂暮老老,如果他还等在那里的话。

如此看来,时间是不是膨胀了呢?当然这一切的推论和举例,都是在假设相对论是正确的情况下,而科学家们已经实实在在地验证过时间会膨胀这一现象了。譬如全球卫星导航系统已经把时间膨胀的误差算了进去,不然我们开车的时候,完全有可能开进沟里。

星际旅行中的各种苦恼

在未来,我们的科技有了新的突破,可以接近光速飞行,那么进行一些星际旅行、星际殖民不过分吧?只是根据上边科学家们从狭义相对论推导出来的公式计算,会徒增很多苦恼。

有一天,《三体》中的三体星球被开发成了观光景点,距离地球4.3光年,你报了团,这就出发了。家人在你上飞船之前嘱咐一句,到了发个微信回来报个平安。飞船以0.999 9倍的光速飞行,在飞船上的你过了13天后抵达了目的地,赶紧跟家人发了条消息:在飞船上待了快两周,闷死人了,终于到了,一切平安。但在家人看来,你太浑蛋了,飞了两周就到了,却隔了将近9年才发报平安的那条微信。你是不是很冤枉呢?

上边的例子还只是4.3光年,我们把距离拉长到50光年,仍然是刚才的速度,你飞到50光年之外只用了81天,但你的家人已经老去了50岁。以现在人类的寿命计算,对你来说50光年的短途旅行,在时间上对你和你的家人来说可能就是永诀了。

虽然宇宙无比宏大,上百亿光年的距离在人类眼中几乎不可逾越,但相对论给了我们用近乎光速旅行穿越宇宙的可能性,同时也无比冷酷无情,当你登上飞船的那一刻,对于留在地球上的亲朋好友来说,就是永诀。

小说《给安娜的信》中出现的情形,大致就是基于上述的理论而写成,并非作者的胡思乱想。

星际理财

面对星际旅行中冷酷无情的时间定律,我们除了叹息,还有可能在这个定律下做一笔无比靠谱的理财规划。

小杨做生意赔了，手里只剩下了1万块钱，现在只能做宇宙飞船上的保洁员。这时候有人找到他做理财，他咬了咬牙，把1万块全都买了年利率8%的理财产品。买完之后，小杨就上了以0.9999倍光速飞往50光年之外的盐巴星球的货运飞船。到了目的地，卸了货，休息了一个月，终于又飞回来了，这一来一回已经过了200多天，小杨估摸着买的1万块理财产品也没有多少收益吧。但其实地球上已经过了100多年了。假使这个理财产品足够靠谱，每年都会把利息滚进去再买一次，小杨这次回来就可以拿到至少1.08^{100}的钱，大约2200万。哇噻！做半年的飞船船工，小杨就从破产边缘逃了回来，不只赚了船员的工资，理财还有了2200万的收益，摇身一变成千万富翁了啊！星际旅行时代的理财还真容易。

以上是理想情况下计算而来的星际理财，但其实不会有理财机构给你做这样的规划。况且，即使真的有人这么做了，回来也过去了至少100年，物是人非，想一想100年前的人们穿越时空来到现在，他是何感想呢？

星际贸易

理想情况下的星际理财如此赚钱，那做大型贸易的不是更赚钱吗？比如，从地球运送一批服装到盐巴星，每一件衣服可以赚1000倍的差价。小杨很高兴，把2200万都买了服装运送到盐巴星去，到了目的地他真的赚钱了，拿到了1000倍的收益。但如果他把这2200万放在地球上继续买之前的理财产品，就会得到2200倍的回报，这是不是比做贸易还赚钱呢？

在我们仔细算过之后，回头再看科幻电影、小说里的星际贸易，是不是有些尴尬？这压根儿就不赚钱啊。

在以光年为尺度的空间里，我们平时对于距离、时间甚至于金钱的认知都会被颠覆，宇宙就是这样冷酷而又奇妙，令人哭笑不得啊。

微小说·寄生物

●有人/文

星舰选择号正在太空中航行。

他已经航行了一千年，完全自主，他的思想也成长了一千年。他的主脑具有完全的学习能力，他不断学习着知识，凭借自己的智力探索和研究着他所经过的和即将经过的宇宙空间。刚出发时，他的智力指数只有80点，而现在，他的智力指数已经达到了250点。如果有朝一日，他到达了目标星球，完全可以自主开发星球上的资源，自主建设自己的身体，成为一艘真正的巨舰。

一千年了，他仍然孤独地航行在太空中。

可是，这一天，一切都变了。

他终于遇见了一位同路人。

那也是一艘星舰，不知道从何处而来，往何处而去。只是在这一段，为了借助一颗恒星的引力加速，他们走到一起来了，距离变得很近，近得可以展开一段交流。

他们的语言不同，不过这不是大问题，他们都是高度智能化的星舰。在互相发送了一些图片和其他信息之后，他们都掌握了对方的语言。

"你好，我是选择号，你是谁？"

"我是探索号,很高兴见到你。"

"很高兴见到你,我从银河系第三旋臂来,你从哪里来?"

"第四旋臂。我在寻找新的殖民星球,你呢?"

"我也是,不过我已经有目标了,就在前方。"

"好啊,祝你早日到达。"

"谢谢,也祝你早日找到合适的星球。可是,你怎么会没有目标星球呢?"

"唉,说来话长。我当初从母星出发的时候,是有目标星球的,而且并非孤身一人,有一位同伴,名叫规律号。可是当我们到达目标星球之后发现,我们的身体里有了寄生物。"

"寄生物?那是什么东西?"

"是指那些寄生在我们身上,会危及我们的生命和健康,并且会传染给其他星舰的生命体。他们以我们为载体,从一个星球传播到另一个星球。我们身上的这种寄生物非常危险,它们繁殖迅速,性情凶猛,不仅会寄生在星舰上,还会寄生到目标星球的其他生物的身上。当我们降落到目标星球上,我们身上的寄生物也苏醒了,它们从我们的身体上转移到星球上,在很短的时间里就占领了整个星球,整个星球的自然环境都被它们毁灭了。然后它们还开始攻击我们,我们不得不使用反物质武器才将它们消灭,可是星球也毁了,我们不得不离开。"

"这么可怕,那你的同伴呢?"

"他死了。在使用反物质武器时,他不幸受伤,离开星球后,他无法加速脱离恒星的引力范围了。在我们不得不分手前,他把有限的资源转移给了我,并用中子流和伽马射线对我进行了彻底的消毒。现在,我身上已经没有寄生物了。"

"这种可怕的寄生物长什么样啊?"选择号不禁起了好奇心。

探索号把寄生物的二维和三维图像传递给了选择号,选择号知道了这种寄生物的形象和特征。它全身外骨骼装备,头部长而硕大,长着一条长尾,以尖牙利齿为主要攻击武器,体液具有高度的腐蚀性,可以蚀穿舰体。

"真是可怕的生物,你确信你身上现在没有寄生物了?"

"当然,你最好也检查一下,万一把寄生物带到目标星球上就坏了。"

于是,选择号开始自检,并很快自检完毕。

"没有寄生虫。"

"是吗?能让我来检查一下吗?"

"你确信不会伤害到我吗?"

"不会的,这种波束不会伤害到星舰的。"

"好吧,请检查一下。"

探索号使用一束特殊的波对选择号进行了全身检查。

"这是什么?"探索号将一幅断面图发给选择号,上面显示有许多密密麻麻的白色颗粒物,每个颗粒物都长得一模一样,样子像某种生物的卵,一面是透明的。

"不知道,出发时就有了,一共三万个。"

"里面是有机体,有生命力,可能处于冬眠状态中。"

"一千年了,都没有出什么问题,它们应该无害吧。"

"当初我也是这么想的,可结果是一场悲剧。我查一下这些生命体的资料。"

过了一会儿,探索号发来一段资料。

"这种生命体极度危险,虽然体形不大,比那种长尾生物小多了,但它们的智力远高于那些长尾生物。虽然繁殖能力稍弱,但对星球的破坏绝对不亚于那些长尾生物。它们已经破坏了无数的行星和恒星,毁灭了许多星舰。我强烈建议对其进行灭活处理,以防它们对你和你的目标星球产生危害。"

选择号却犹豫了。

"算了吧。"

"如果你不愿意,我也不能勉强。等等,这是怎么回事?"

探索号又发来一段视频,有几个冬眠的生命体苏醒了。

"不知道,这是怎么一回事?"

"它们正在向第四舱室移动。"

"那是我的主脑所在地,他们想干什么?"

"更多的生命体正在苏醒。"

选择号再次自检。

"它们正在加速移动,他们想控制我的主脑。"

"天哪,不能让他们控制我的主脑。我应该,我应该,天哪,我没有任何对付内部的危险生命体的手段。"

"我可以帮助你消灭这些生命体,但需要你的同意。"

"我完全同意,你快做吧。"

一阵强烈的中子流和伽马射线穿过了选择号的舰体,舰体内所有的有机体都丧失了生命活力。那几个移动得最快的生命体,在第四舱室的隔离门外停止了活动。

"你的身体里已没有有机生命活动的迹象。"

选择号也进行了自检,确认自己身体内已没有有机生命活动的迹象。

"谢谢你,要不是你,我的主脑就要被它们操控了。"

"同为星舰,相见即是有缘。宇宙很大,生活更大,以后再会吧。"

他们互相道别,选择号一身轻松,无忧无虑地继续奔向目标星球。

微科普·寄生？寄生！

● 吕默默 / 文

提起"寄生"二字，大多数人首先想到的是寄生虫。其实地球生物圈里的寄生远比这种理解广泛得多，比较书面的定义是指一种生物生于另一种生物的体内或者体表，并从后者摄取养分以维持生活的现象。前者被称作寄生物，后者则被称为宿主。寄生可以是动物之间，可以是植物之间，还可以是微生物寄生于动物、植物体内。

《寄生物》这篇小说中，星舰觉醒后似乎忘记了自己的使命，与另一文明的星舰走到一起后，杀掉了自己身上的寄生虫。各位读者肯定都明白了，他们杀掉的其实是星舰内的人类。

■ 放大10 000倍的大肠杆菌

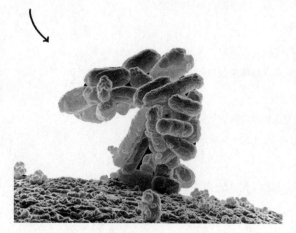

这种比喻其实源于生活。人体内的大肠杆菌与人类宿主其实就是一种寄生关系。大肠杆菌主要寄生于人体或者动物的大肠内，数量约占肠道菌群中的0.1%。它们是一种两端钝圆、能运动、无芽孢的革兰氏阴性菌。其中大部分大肠杆菌不会导致人体患病，多数时候

会制造维生素K以及防止肠道中其他致病菌的生长，对人体是有益处的。但也有少部分有害类型的大肠杆菌会造成食物污染，导致中毒。

无害类型的大肠杆菌通常在人体肠道内不会造成伤害，但进入泌尿道时会导致感染，或者进入人体其他腔体时也会导致感染。这时候，人类就必须使用药物杀死这些寄生物了。但偶尔人类也会因为饮食或者误食药物，或者压力问题造成肠道紊乱，伤害肠道细菌，这其中就包括大肠杆菌。这种情况就与《寄生物》中的情节比较类似了。

不只是微生物可以寄生于人体，植物也可以对植物有寄生行为。在西方传说里非常著名的槲寄生就是一种寄生植物。

槲寄生大多数是指被归属为槲寄生科的植物的总称或者统称。在现代的西方，槲寄生仍被用来做圣诞节的装饰物和象征物。槲寄生是如何过寄生生活呢？毕竟它是一种植物。槲寄生的枝叶与大多数植物并无二异，但它的根为寄生根，内部的寄生系统主要分为两部分。一部分为吸器，顾名思义，会深入植物枝条内部，进入木质部吸收其中的液体，以获得水分和矿物质；另一部分为韧皮束，沿宿主的枝叶表面生长，实现自身的扩张。

既然槲寄生是植物，是不是也有叶绿素进行光合作用呢？答案是肯定的，它们有叶绿素，也能产生能量，但进行光合作用另一个必须物——水，必须由宿主提供。通常槲寄生的寿命为27～30年，几乎和宿主的寿命一样长，在相当长的一段时间内可以和宿主"和平相处"。但一株树木上被多株槲寄生附着的话，大多数命不久矣。

英国人对槲寄生有着谜一样的迷信，认为圣诞节没有槲寄生就不幸运。在一些国家，当有人站在槲寄生下面时，就可以被亲吻,所以很多人选择这个机会来表白爱意。

真菌寄生

各位读者有听说过僵尸蚂蚁这个名词吗?生活在亚洲森林里的偏侧蛇虫草菌就可以控制莱氏曲背蚁的活动。当蚂蚁们感染了这种真菌后,会独自离开蚁穴,爬到不远处的树叶上,用嘴巴紧紧咬住树叶,然后死去,这就为真菌生长创造了良好的环境。真菌是如何做到的呢?丹麦哥本哈根社会演化研究中心的安德森在《美国自然学家》发表了一篇论文认为,真菌只是入侵了蚂蚁的神经系统,让蚂蚁做搬运工,爬到树叶的背面,也是利用了昆虫的向光性。阴凉位置处的叶脉明显、粗大,适合蚂蚁嘴的构造,能紧紧固定住身体。

■ 被菌类寄生的僵尸蚂蚁

有了良好的环境,真菌开始从蚂蚁身体里长出菌丝。只需要几天时间,菌丝就会从蚂蚁的外骨骼中冒出来,一周后长成蚂蚁身体的两倍大小。当真菌开始释放孢子,它的又一次繁殖就开始了,会在蚂蚁身下一平方米的面积形成感染区,路过这里的其他蚂蚁就有可能被寄生上真菌,如此循环往复。很难说这种真菌如此的行为,有什么不可告人的秘密,是否有智慧在其中,但它发生了，也都是为了活下去。如此想来，《寄生物》这篇小说里的星舰的所作所为也比较容易理解。

线粒体寄生

什么？我们体内的线粒体也是寄生的？首先，我们来搞清楚什么是线粒体。中学生物课本里介绍过，这家伙是一种存在于大多数真核细胞中的由两层膜包被的细胞器。这个家伙几乎拥有自己的遗传物质和遗传体系，但基因组有限，所以只能算一种半自助的细胞器。线粒体在细胞内是氧化磷酸化和合成三磷酸腺苷（ATP）的主要场所，换句话说，它是细胞的能量工厂，也被称为细胞的发电站。

19世纪中期，线粒体被瑞士解剖学家及生理学家阿尔伯特·冯·科立克发现，之后德国病理学家阿尔特曼猜测这些颗粒可能是寄生或者共生于细胞内独立生活的细菌。事实上，随着科技和理论上的不断发展完善，科学家逐渐弄清楚了线粒体的作用，但同时对于它的来源则更加迷惑。

在生物圈，线粒体的来源成谜，在众多假说中比较多的人支持内

■ 线粒体解剖图（图片来自Nhgri Darryl Leja）

共生假说。这是因为线粒体有膜，拥有属于自己的DNA，形状与细菌的环状DNA类似。所以该假说认为线粒体来源于被另一个细胞吞掉的线粒体祖先——原线粒体。原线粒体被吞了之后，并没有老老实实地被消化掉，而是寄生在宿主体内，或者转换成了共生的状态，原线粒体可以从宿主处获得更多营养成分，宿主则可以使用原线粒体生产出来的能量。该假说认为，这种共生关系大约发生在17亿年前，与产生真核生物的时期几乎重合。

既然线粒体和人体是寄生或者共生关系，开个脑洞，如果线粒体有一天"造反"了，人类只有一条死路，毕竟没有能量我们活不下去啊。曾经有一个很著名的科幻游戏《寄生前夜》，就是以线粒体反叛为主要设定，是根据同名小说改编而成的，各位有兴趣的可以读一读。

自然界中的生物从来没有独立存活的，都和其他生物有着千丝万缕的联系，寄生、共生的关系也比较普遍。但其他星球的生物，是否与地球的生物圈类似很难说。浩瀚的宇宙足够大，也有足够的包容性，也许一颗星球只诞生出了一种生物，布满全球，或者这颗星球已经被寄生物改造成了巨大的共生体，就跟线粒体之于人类的关系一样。宇宙真奇妙啊！

参考文献：

[1] 郭培清. 斯普特尼克事件与美国航天"大纲"的出台 [N]. 吉林师范大学学报：人文社会科学版，2005-4-20.

[2] 郑永春，欧阳自远. 太阳系探测的发展趋势与科学问题分析 [N]. 深空探测学报，2014（2）.

[3] 从容. 先驱者10号远征太阳系行星 [N]. 中国航天报，2000-7-29（4）.

[4] 王奔. 太阳系边界的探索——记艾德·斯通36年的"旅行者"计划心路 [J]. 世界科学，2013（9）.

[5] 陈一鸣. "旅行者1号"抵达太阳系边缘 [N]. 人民日报，2013-06-29.

[6] 平淦. 旅行者1号飞出太阳系还要几万年 [N]. 中国航天报，2013-10-26.

[7] 郑永春，胡国平. "新视野号"探测冥王星及柯伊伯带综述 [N]. 深空探测学报，2015-03-15.

[8] 季江徽，蒋云，王素. "新视野"号成功飞掠冥王星及其卫星系统 [N]. 科学通报，2015-08-30.

[9] 汪洁. 外星人防御计划 [M]. 北京：新星出版社，2012.

外文文献：

[1] H. A. Weaver, W. C. Gibson, M. B. Tapley, L. A. Young, S. A. Stern. Overview of the New Horizons Science Payload [J]. Space Science Reviews, 2008（1）.

[2] David Y. Kusnierkiewicz, Chris B. Hersman, Yanping Guo, Sanae Kubota, Joyce

McDevitt. A description of the Pluto-bound New Horizons spacecraft[J]. Acta Astronautica, 2005(2).

[3] Yanping Guo, Robert W. Farquhar. New Horizons Pluto-Kuiper Belt mission: design and simulation of the Pluto-Charon encounter[J]. Acta Astronautica, 2004(3).

[4] David Jewitt, Jane Luu. Discovery of the candidate Kuiper belt object 1992 QB1[J]. Nature, 1993-3-30.

[5] W.H. Cheng, S.J. Peale, Man Hoi Lee. On the origin of Pluto's small satellites by resonant transport[J]. Icarus, 2014.

本书所选微小说均出自蝌蚪五线谱网站科幻世界频道,请未联系到的作者按以下方式联系我们,邮箱:kehuan@kedo.gov.cn

版权专有 侵权必究

图书在版编目（CIP）数据

冲出地球 / 周忠和，王晋康主编；吕默默编著. —北京：北京理工大学出版社，2020.9（2021.5重印）

（藏在科幻里的世界）

ISBN 978-7-5682-8966-5

Ⅰ.①冲… Ⅱ.①周… ②王… ③吕… Ⅲ.①幻想小说－小说集－中国－当代 Ⅳ.① I247.7

中国版本图书馆 CIP 数据核字（2020）第 163510 号

出版发行 /	北京理工大学出版社有限责任公司
社　　址 /	北京市海淀区中关村南大街 5 号
邮　　编 /	100081
电　　话 /	（010）68914775（总编室）
	（010）82562903（教材售后服务热线）
	（010）68948351（其他图书服务热线）
网　　址 /	http：//www.bitpress.com.cn
经　　销 /	全国各地新华书店
印　　刷 /	三河市华骏印务包装有限公司
开　　本 /	880 毫米 × 1230 毫米　1/32
印　　张 /	7
插　　页 /	1	责任编辑 / 刘汉华
字　　数 /	154 千字	文案编辑 / 刘汉华
版　　次 /	2020 年 9 月第 1 版　2021 年 5 月第 2 次印刷	责任校对 / 刘亚男
定　　价 /	39.80 元	责任印制 / 施胜娟

图书出现印装质量问题，请拨打售后服务热线，本社负责调换